莎士比亚全集·中文本（典藏版）
William Shakespeare: Complete Works

［英］威廉·莎士比亚（William Shakespeare）著
辜正坤 主编／许渊冲 译

奥 瑟 罗

The Tragedy of Othello, the Moor of Venice

外语教学与研究出版社
北京

京权图字：01-2016-5015

图书在版编目 (CIP) 数据

奥瑟罗 ／（英）威廉·莎士比亚（William Shakespeare）著；许渊冲译.
北京：外语教学与研究出版社，2024.6. -- (莎士比亚全集 / 辜正坤主编).
ISBN 978-7-5213-5325-9

Ⅰ. Ⅰ561.33
中国国家版本馆 CIP 数据核字第 2024PX7964 号

奥瑟罗

AOSELUO

出 版 人　王　芳
项目负责　邢印姝　郭芮萱
责任编辑　徐　宁
责任校对　郭芮萱
封面设计　张　潇
出版发行　外语教学与研究出版社
社　　址　北京市西三环北路 19 号（100089）
网　　址　https://www.fltrp.com
印　　刷　三河市北燕印装有限公司
开　　本　710×1000　1/16
印　　张　11.5
字　　数　184 千字
版　　次　2024 年 6 月第 1 版
印　　次　2024 年 6 月第 1 次印刷
书　　号　ISBN 978-7-5213-5325-9
定　　价　68.00 元

如有图书采购需求，图书内容或印刷装订等问题，侵权、盗版书籍等线索，请拨打以下电话或关注官方服务号：
客服电话：400 898 7008
官方服务号：微信搜索并关注公众号“外研社官方服务号”
外研社购书网址：https://fltrp.tmall.com

物料号：353250001

出版说明

1623 年，莎士比亚的演员同僚们倾注心血结集出版了历史上第一部《莎士比亚全集》——著名的第一对开本，这是三百多年来许多导演和演员最为钟爱的莎士比亚文本。2007 年，由英国皇家莎士比亚剧团（Royal Shakespeare Company）推出的《莎士比亚全集》，则是对第一对开本首次全面的修订。

本套《莎士比亚全集》新汉译本，正是依据当今莎学界最负声望的皇家版《莎士比亚全集》翻译而成。译本的凡例说明如下：

一、**文体**：剧文有诗体和散体之分。未及最右行末即转行的为诗体。文字连排、直至最右行末转行的，则为散体。

二、**舞台提示**：

1）角色的上场与下场及其他舞台提示以仿宋体排出，穿插于剧文中的舞台提示以圆括号进行标注，如：（对亨利王子）。

2）舞台提示中的特殊符号。译本所依据的皇家版《莎士比亚全集》的编辑者对舞台提示中的不确定情形以特殊符号予以标注，译本亦保留了这些符号：如（旁白？）表示某行剧文既可作为旁白，亦可当作对话；又如某个舞台活动置于箭头 ↓↓ 之间，表示它可发生在一场戏中的多个不同时刻。

三、**脚注**：脚注中除标注有"译者附注"字样的，均译自或改编自皇家版《莎士比亚全集》注释。脚注多为对剧文中背景知识及专名的解释，以使读者更好地理解剧情；亦包含部分与英文原文相关的脚注，以使读者在品味译者的佳文时，亦体验到英文原文的精妙。

四、文本：译本以第一对开本为蓝本，部分剧目中四开本与之明显相异的段落亦有译出，附于正文之后，供读者参考。

此《莎士比亚全集》新汉译本历经策划、翻译、编辑加工和印装等工序，各个环节的参与者均竭尽全力，力求完美，但由于水平、精力所限，难免有所错漏，敬请广大读者赐教指正。

外语教学与研究出版社
综合出版事业部

莎士比亚诗体重译集序

辜正坤

他非一代骚人，实属万古千秋。

这是英国大作家本·琼森（Ben Jonson）在第一部《莎士比亚全集》（*Mr. William Shakespeares Comedies, Histories, & Tragedies*，1623）扉页上题诗中的诗行。三百多年来，莎士比亚在全球逐步成为一个家喻户晓的名字，似乎与这句预言在在呼应。但这并非偶然言中，有许多因素可以解释莎士比亚这一巨大的文化现象产生的必然性。最关键的，至少有下面几点。

首先，其作品内容具有惊人的多样性。世界上很难有第二个作家像莎士比亚这样能够驾驭如此广阔的题材。他的作品内容几乎无所不包，称得上英国社会的百科全书。帝王将相、走卒凡夫、才子佳人、恶棍屠夫……一切社会阶层都展现于他的笔底。从海上到陆地，从宫廷到民间，从国际到国内，从灵界到凡尘……笔锋所指，无处不至。悲剧、喜剧、历史剧、传奇剧，叙事诗、抒情诗……都成为他显示天才的文学样式。从哲理的韵味到浪漫的爱情，从盘根错节的叙述到一唱三叹的诗思，波涛汹涌的情怀，妙夺天工的笔触，凡开卷展读者，无不为之拊掌称绝。即使只从莎士比亚使用过的海量英语词汇来看，也令人产生仰之弥高的感觉。德国语言学家马克斯·缪勒（Max Müller）原以为莎士比亚使用过的词汇最多为 15,000 个，事后证明这当然是小看了语言大师的词汇储藏量。美国教授爱德华·霍尔登（Edward Holden）经过一番考察后，认为至少达 24,000 个。可是他哪里知道，这依然是一种低估。有学者甚至声称用电脑检索出莎士比亚用的词汇多达 43,566 个！当然，这些数据还不是莎士比亚作品之所以产生空前影响的关键因素。

其次，但也许是更重要的原因：他的作品具有极高的娱乐性。文学作品的生命力在于它能寓教于乐。莎士比亚的作品不是枯燥的说教，而是能够给予读者或观众极大艺术享受的娱乐性创造物，往往具有明显的煽情效果，有意刺激人的欲望。这种艺术取向当然不是纯粹为了娱乐而娱乐，掩藏在背后的是当时西方人强有力的人本主义精神，即用以人为本的价值观来对抗欧洲上千年来以神为本的宗教价值观。重欲望、重娱乐的人本主义倾向明显对重神灵、重禁欲的神本主义产生了极大的挑战。当然，莎士比亚的人本主义与中国古人所主张的人本主义有很大的区别。要而言之，前者在相当大的程度上肯定了人的本能欲望或原始欲望的正当性，而后者则主要强调以人的仁爱为本规范人类社会秩序的高尚的道德要求。二者都具有娱乐效果，但前者具有纵欲性或开放性娱乐效果，后者则具有节欲性或适度自律性娱乐效果。换句话说，对于 16、17 世纪的西方人来说，莎士比亚的作品暗中契合了试图挣脱过分禁欲的宗教教义的约束而走向个性解放的千百万西方人的娱乐追求，因此，它会取得巨大成功是势所必然的。

第三，时势造英雄。人类其实从来不缺善于煽情的作手或视野宏阔的巨匠，缺的常常是时势和机遇。莎士比亚的时代恰恰是英国文艺复兴思潮达到鼎盛的时代。禁欲千年之久的欧洲社会如堤坝围裹的宏湖，表面上浪静风平，其底层却汹涌着决堤的纵欲性暗流。一旦湖堤洞开，飞涛大浪呼卷而下，浩浩汤汤，汇作长河，而莎士比亚恰好是河面上乘势而起的弄潮儿，其迎合西方人情趣的精湛表演，遂赢得两岸雷鸣般的喝彩声。时势不光涵盖社会发展的总趋势，也牵连着别的因素。比如说，文学或文化理论界、政治意识形态对莎士比亚作品理解、阐释的多样性与莎士比亚作品本身内容的多样性产生相辅相成的效果。"说不尽的莎士比亚"成了西方学术界的口头禅。西方的每一种意识形态理论，尤其是文学理论，要想获得有效性，都势必会将阐释莎士比亚的作品作为试金石。17世纪初的人文主义，18世纪的启蒙主义，19世纪的浪漫主义，20世纪的现实主义或批判现实主义，都不同程度地、选择性地把莎士比亚作品作为阐释其理论特点的例证。也许17世纪的古典主义曾经阻遏过西方人对莎士比亚作品的过度热情，但是19世纪的浪漫主义流派却把莎士比亚作品推崇到无以复加的崇高地位，莎士比亚俨然成了西方文学的神灵。20世纪以来，西方资本主义阵营和社会主义阵营可以说在意识形态的各个方面都互相对立，势同水火，可是在对待莎士比亚的问题上，居然有着惊人的共识与默契。不用说，社会主义阵营的立场与社会主义理论的创始人马克思（Karl Marx）、恩格斯（Friedrich Engels）个人的审美情趣息息相关。马克思一家都是莎士比亚的粉丝；马克思称莎士比亚为"人类最伟大的天才之一，人类文学奥林波斯山上的宙斯"！他号召作家们要更加莎士比亚化。恩格斯甚至指出："单是《快乐的温莎巧妇》[1]的第一幕就比全部德国文学包含着更多的生活气息。"不用说，这些话多多少少有某种程度的文学性夸张，但对莎士比亚的崇高地位来说，却无疑产生了极大的推动作用。

第四，1623年版《莎士比亚全集》奠定莎士比亚崇拜传统。这个版本即眼前译本所依据的皇家版《莎士比亚全集》（*The RSC William Shakespeare: Complete Works*, 2007）的主要内容。该版本产生于莎士比亚去世的第七年。莎士比亚的舞台同仁赫明奇（John Heminge）和康德尔（Henry Condell）整理出版了第一部莎士比亚戏剧集。当时的大学者、大

1　英文剧名为 The Merry Wives of Windsor，朱生豪先生译作《温莎的风流娘儿们》；重译本综合考虑剧情和英文书名，译作《快乐的温莎巧妇》。

作家本·琼森为之题诗，诗中写道："他非一代骚人，实属万古千秋。"这个调子奠定了莎士比亚偶像崇拜的传统。而这个传统一旦形成，后人就难以反抗。英国文学中的莎士比亚偶像崇拜传统已经形成了一种自我完善、自我调整、自我更新的机制。至少近两百年来，莎士比亚的文学成就已被宣传成世界文学的顶峰。

第五，现在署名"莎士比亚"的作品很可能不只是莎士比亚一个人的成果，而是凝聚了当时英国若干戏剧创作精英的团体努力。众多大作家的智慧浓缩在以"莎士比亚"为代号的作品集中，其成就的伟大性自然就获得了解释。当然，这最后一点只是莎士比亚研究界若干学者的研究性推测，远非定论。有的莎士比亚著作爱好者害怕一旦证明莎士比亚不是署名为"莎士比亚"的著作的作者，莎士比亚的著作便失去了价值，这完全是杞人忧天。道理很简单，人们即使证明了《红楼梦》的作者不是曹雪芹，或《三国演义》的作者不是罗贯中，也丝毫不影响这些作品的伟大价值。同理，人们即使证明了《莎士比亚全集》不是莎士比亚一个人创作的，也丝毫不会影响《莎士比亚全集》是世界文学中的伟大作品这个事实，反倒会更有力地证明这个事实，因为集体的智慧远胜于个人。

皇家版《莎士比亚全集》译本翻译总思路

横亘于前的这套新译本，是依据当今莎学界最负声望的皇家版《莎士比亚全集》进行翻译的，而皇家版又正是以本·琼森题过诗的1623年版《莎士比亚全集》为主要依据。

这套译本是在考察了中国现有的各种译本后，根据新的历史条件和新的翻译目的打造出来的。其总的翻译思路是本套译本主编会同外语教学与研究出版社的相关领导和责任编辑讨论的结果。总起来说，皇家版《莎士比亚全集》译本在翻译思路上主要遵循了以下几条：

1. 版本依据。如上所述，本版汉译本译文以英国皇家版《莎士比亚全集》为基本依据。但在翻译过程中，译者亦酌情参阅了其他版本，以增进对原作的理解。

2. 翻译内容包括：内页所含全部文字。例如作品介绍与评论、正文、注释等。

3. 注释处理问题。对于注释的处理：1）翻译时，如果正文译文已经将英文版某注释的基本含义较准确地表达出来了，则该注释即可取消；2）如果正文译文只是部分地将英文版对应注释的基本含义表达出来，则该注释可以视情况部分或全部保留；3）如果注释本身存疑，可以在保留原注的情况下，加入译者的新注。但是所加内容务必有理有据。

4. 翻译风格问题。对于风格的处理：1）在整体风格上，译文应该尽量逼肖原作整体风格，包括以诗体译诗体，以散体译散体；2）在具体的文字传输处理上，通常应该注重汉译本身的文字魅力，增强汉译本的可读性。不宜太白话，不宜太文言；文白用语，宜尽量自然得体。句子不要太绕，注意汉语自身表达的句法结构，尤其是其逻辑表达方式。意义的异化性不等于文字形式本身的异化性，因此要注意用汉语的归化性来传输、保留原作含义的异化性。朱生豪先生的译本语言流畅、可读性强，但可惜不是诗体，有违原作形式。当下译本是要在承传朱先生译本优点的基础上，根据新时代的读者审美趣味，取得新的进展。梁实秋先生等的译本，在达意的准确性上，比朱译有所进步，也是我们应该吸纳的优点。但是梁译文采不足，则须注意避其短。方平先生等的译本，也把莎士比亚翻译往前推进了一步，在进行大规模诗体翻译方面作出了宝贵的尝试，但是离真正的诗体尚有距离。此外，前此的所有译本对于莎士比亚原作的色情类用语都有程度不同的忽略，本套皇家版译本则尽力在此方面还原莎士比亚的本真状态（论述见后文）。其他还有一些译本，亦都应该受到我们的关注，处理原则类推。每种译本都有自己独特的东西。我们希望美的译文是这套译本的突出特点。

5. 借鉴他种汉译本问题。凡是我们曾经参考过的较好的译本，都在适当的地方加以注明，承认前辈译者的功绩。借鉴利用是完全必要的，但是要正大光明，避免暗中抄袭。

6. 具体翻译策略问题特别关键，下文将其单列进行陈述。

莎士比亚作品翻译领域大转折：真正的诗体译本

莎士比亚首先是一个诗人。莎士比亚的作品基本上都以诗体写成。因此，要想尽可能还原本真的莎士比亚，就必须将莎士比亚作品翻译成为诗体而不是散文，这在莎学界已经成为共识。但是紧接而来的问题是：什么叫诗体？或需要什么样的诗体？

按照我们的想法：1）所谓诗体，首先是措辞上的诗味必须尽可能浓郁；2）节奏上的诗味（包括分行）等要予以高度重视；3）结合中国人的审美习惯，剧文可以押韵，也可以不押韵。但不押韵的剧文首先要满足前两个要求。

本全集翻译原计划由笔者一个人来完成。但是，莎士比亚的创作具有惊人的多样性，其作品来源也明显具有莎士比亚时代若干其他作家与作品的痕迹，因此，完全由某一个译者翻译成一种风格，也许难免偏颇，难以和莎士比亚风格的多样性相呼应。所以，集众人的力量来完成大业，应该更加合理，更加具有可操作性。

具体说来，新时代提出了什么要求？简而言之，就是用真正的诗体翻译莎士比亚的诗体剧文。这个任务，是朱生豪先生无法完成的。朱先生说过，他在翻译莎士比亚作品时，"当然预备全部用散文译出，否则将要了我的命"。[1] 显然，朱先生也考虑过用诗体来翻译莎士比亚著作的问题，但是他的结论是：第一，靠单独一个人用诗体翻译《莎士比亚全集》是办不到的，会因此累死；第二，他用散文翻译也是不得已的办法，因为只有这样他才有可能在有生之年完成《莎士比亚全集》的翻译工作。

将《莎士比亚全集》翻译成诗体比翻译成散文体要难得多。难到什么程度呢？和朱生豪先生的翻译进度比较一下就知道了。朱先生翻译得最快的时候，一天可以翻译一万字。[2] 为什么会这么快？朱先生才华过人，这当然是一个因素，但关键因素是：他是用散文翻译的。用真正的诗体就不一样了。以笔者自己的体验，今日照样用散文翻译莎士比亚剧本，最快时也可达到每日一万字。这是因为今日的译者有比以前更完备的注释本和众多的前辈汉译本作参考，至少在理解原著时，要比朱先生当年省力得多，所以翻译速度上最高达到一万字是不难的。但是翻译成诗体就是另外一回事了。这比自己写诗还要难得多。写诗是自己随意发挥，译诗则必须按照别人的意思发挥，等于是戴着镣铐跳舞。笔者自己写诗，诗兴浓时，一天数百行都可以写得出来，但是翻译诗，一天只能是几十行，统计成字数，往往还不到一千字，最多只是朱生豪先生散文翻译速度的十分之一。梁实秋先生翻译《莎士比亚全集》用的也是散文，但是也花了 37 年，如果要翻译成真正的诗体，那么至少得 370 年！由此可见，真正的诗体《莎士比亚全集》汉译本的诞生，有多么艰难。此次笔者约稿的各位译者，都是用诗体翻译，并且都表示花费了大量的时间，

---

1 见朱生豪大约在 1936 年夏致宋清如信："今天下午，我试译了两页莎士比亚，还算顺利，不过恐怕终于不过是 Poor Stuff 而已。当然预备全部用散文译出，否则将要了我的命。"（《伉俪：朱生豪宋清如诗文选》下卷，中国青年出版社，2013 年，第 94 页）

2 朱生豪："今天因为提起了精神，却很兴奋，晚上译了六千字，今天一共译一万字。"（同上，第 101 页）

皇家版《莎士比亚全集》译本凝聚了诸位译者的多少努力，也就不言而喻了。

翻译诗体分辨：不是分了行就是真正的诗

主张将莎士比亚剧作翻译成诗体成了共识，但是什么才是诗体，却缺乏共识。在白话诗盛行的时代，许多人只是简单地认定分了行的文字就是诗这个概念。分行只是一个初级的现代诗要求，甚至不必是必然要求，因为有些称为诗的文字甚至连分行形式都没有。不过，在莎士比亚作品的翻译上，要让译文具有诗体的特征，首先是必定要分行的，因为莎士比亚原作本身就有严格的分行形式。这个不用多说。但是译文按莎士比亚的方式分了行，只是达到了一个初级的低标准。莎士比亚的剧文读起来像不像诗，还大有讲究。

卞之琳先生对此是颇有体会的。他的译本是分行式诗体，但是他自己也并不认为他译出的莎士比亚剧本就是真正的诗体译本。他说：读者阅读他的译本时，"如果……不感到是诗体，不妨就当散文读，就用散文标准来衡量"。[1] 这是一个诚实的译者说出的诚实话。不过，卞先生很谦虚，他有许多剧文其实读起来还是称得上诗体的。原因是什么？原因是他注意到了笔者上文提到的两点：第一，诗的措辞；第二，诗的节奏。只不过他迫于某些客观原因，并没有自始至终侧重这方面的追求而已。

显然，一些译本翻译了莎士比亚的剧文，在行数上靠近莎士比亚原作，措辞也还流畅。这些是不是就是理想的诗体莎士比亚译本呢？笔者认为，这还不够。什么是诗，对于中国人来说有几千年的历史，我们不

---

1 卞之琳:《莎士比亚悲剧四种》，方志出版社，2007 年，第 4 页。

能脱离这个悠久的传统来讨论这个问题。为此，我们不得不重新提到一些基本概念：什么是诗？什么是诗歌翻译？

诗歌是语言艺术，诗歌翻译也就必须是语言艺术

讨论诗歌翻译必须从讨论诗歌开始。

诗主情。诗言志。诚然。但诗歌首先应该是一种精妙的语言艺术。同理，诗歌的翻译也就不得不首先表现为同类精妙的语言艺术。若译者的语言平庸而无光彩，与原作的语言艺术程度差距太远，那就最多只是原诗含义的注释性文字，算不得真正的诗歌翻译。

那么，何谓诗歌的语言艺术？

无他，修辞造句、音韵格律一整套规矩而已。无规矩不成方圆，无限制难成大师。奥运会上所有的技能比赛，无不按照特定的规矩来显示参赛者高妙的技能。德国诗人歌德（Johann Wolfgang von Goethe）《自然和艺术》（"Natur und Kunst"）一诗最末两行亦彰扬此理：

非限制难见作手，

唯规矩予人自由。[1]

艺术家的"自由"，得心应手之谓也。诗歌既为语言艺术，自然就有一整套相应的语言艺术规则。诗人应用这套规则时，一旦达到得心应手的程度，那就是达到了真正成熟的境界。当然，规矩并非一点都不可打破，但只有能够将规矩使用到随心所欲而不逾矩的程度的人，才真正有资格去创立新规矩，丰富旧规矩。创新是在承传旧规则长处的基础上来进行的，而不是完全推翻旧规则，肆意妄为。事实证明，在语言艺术上

---

1 In der Beschränkung zeigt sich erst der Meister, / Und das Gesetz nur kann uns Freiheit geben. 参见 http://www.business-it.nl/files/7d413a5dca62fc735a072b16fbf050b1-27.php.

凡无视积淀千年的诗歌语言规则，随心所欲地巧立名目、乱行胡来者，
永不可能在诗歌语言艺术上取得大的成就，所以歌德认为：

若徒有放任习性，

则永难至境遨游。[1]

诗歌语言艺术如此需要规则，如此不可放任不羁，诗歌的翻译自然
也同样需要相类似的要求。这个要求就是笔者前面提出的主张：若原诗
是精妙的语言艺术，则理论上说来，译诗也应是同类精妙的语言艺术。

但是，"同类"绝非"同样"。因为，由于原作和译作使用的语言载
体不一样，其各自产生的语言艺术规则和效果也就各有各的特点，大多
不可同样复制、照搬。所以译作的最高目标，是尽可能在译入语的语言
艺术领域达到程度大致相近的语言艺术效果。这种大致相近的艺术效果
程度可叫作"最佳近似度"。它实际上也就是一种翻译标准，只不过针
对不同的文类，最佳近似度究竟在哪些因素方面可最佳程度地（并不一
定是最大程度地）取得近似效果，不是一成不变的，而是具有高度的灵
活性。不同的文类，甚至针对不同的受众，我们都可以设定不同的最佳
近似度。这点在拙著《中西诗比较鉴赏与翻译理论》（清华大学出版社，
2010 年）的相关章节中有详细的厘定，此不赘。

话与诗的关系：话不是诗

古人的口语本来就是白话，与现在的人说的口语是白话一个道理。

1　Vergebens werden ungebundene Geister / Nach der Vollendung reiner Höhe streben.
参 见 http://www.cosmiq.de/qa/show/3454062/Vergebens-werden-ungebundne-Geister-
Nach-der-Vollendung-reiner-Hoehe-streben-Was-ist-die-Bedeutung-dieser-2-Verse-Ich-komm-
nicht-drauf/t.

正因为白话太俗，不够文雅，古人慢慢将白话进行改进，使它更加规范、更加准确，并且用语更加丰富多彩，于是文言产生。在文言的基础上，还有更文的文字现象，那就是诗歌，于是诗歌产生。所以就诗歌而言，文言味实际上就是一种特殊的诗味。文言有浅近的文言，也有佶屈聱牙的文言。中国传统诗歌绝大多数是浅近的文言，但绝非口语、白话。诗中有话的因素，自不待言，但话的因素往往正是诗试图抑制的成分。

文言和诗歌的产生是低俗的口语进化到高雅、准确层次的标志。文言和诗歌的进一步发展使得语言的艺术性愈益增强。最终，文言和诗歌完成了艺术性语言的结晶化定型。这标志着古代文学和文学语言的伟大进步。《诗经》、楚辞、唐诗、宋词、元明戏曲，以及从先秦、汉、唐、宋、元至明清的散文等，都是中国语言艺术逐步登峰造极的明证。

人们往往忘记：话不是诗，诗是话的升华。话据说至少有**几十万年**的历史，而诗却只有**几千年**的历史。白话通过漫长的岁月才升华成了诗。因此，从理论上说，白话诗不是最好的诗，而只是低层次的、初级的诗。当一行文字写得不像是话时，它也许更像诗。"太阳落下山去了"是话，硬说它是诗，也只是平庸的诗，人人可为。而同样含义的"白日依山尽"不像是话，却是真正的诗，非一般人可为，只有诗人才写得出。它的语言表达方式与一般人的通用白话脱离开来了，实现了与通用语的偏离（deviation from the norm）。这里的通用语指人们天天使用的白话。试想把唐诗宋词译成白话，还有多少诗味剩下来？

谢谢古代先辈们一代又一代、不屈不挠的努力，话终于进化成了诗。

但是，20 世纪初一些激进的中国学者鼓荡起一场声势浩大的白话文运动。

客观说来，用白话文来书写、阅读自然科学和人文科学文献，例如哲学、政治学、伦理学、经济学等等文献，这都是**伟大的进步**。这个进步甚至可以上溯到八百多年前朱熹等大学者用白话体文章传输理学思想。对此笔者非常拥护，非常赞成。

但是约一百年前的白话诗运动却未免走向了极端，事实上是一种语言艺术方面的倒退行为。已经高度进化的诗词曲形式被强行要求返祖回归到三千多年前的类似白话的状态，已经高度语言艺术化了的诗被强行要求退化成话。艺术性相对较低的白话反倒成了正统，艺术性较高的诗反倒成了异端。其实，容许口语类白话诗和文言类诗并存，这才是正确的选择。但一些激进学者故意拔高白话地位，在诗歌创作领域搞成白话至上主义，这就走上了极端主义道路。

这个运动影响到诗歌翻译的结果是什么呢？结果是西方所有的大诗人，不论是古代的还是近代的，如荷马（Homer）、但丁（Dante）、莎士比亚、歌德、雨果（Victor Hugo）、普希金（Alexander Pushkin）……都莫名其妙地似乎用同一支笔写出了 20 世纪初才出现的味道几乎相同的白话文汉诗！

将产生这种极端性结果的原因再回推，我们会清楚地明白，当年的某些学者把文学艺术简单雷同于人文社会科学，误解了文学艺术，尤其是诗歌艺术的特殊性质，误以为诗就是话，混淆了诗与话的形式因素。

针对莎士比亚戏剧诗的翻译对策

由上可知，莎士比亚的剧文既然大多是格律诗，无论有韵无韵，它们都是诗，都有格律性。因此在汉译中，我们就有必要显示出它具有格律性，而这种格律性就是诗性。

问题在于，格律性是附着在语言形式上的；语言改变了，附着其上的格律性也就大多会消失。换句话说，格律大多不可复制或模仿，这就正如用钢琴弹不出二胡的效果，用古筝奏不出黑管的效果一样。但是，原作的内在旋律是可以模仿的，只是音色变了。原作的诗性是可以换个形式营造的，这就是利用汉语本身的语言特点营造出大略类似的语言艺术审美效果。

由于换了另外一种语言媒介，原作的语音美设计大多已经不能照搬、复制，甚至模拟了，那么我们就只好断然舍弃掉原作的许多语音美设计，而代之以译入语自身的语言艺术结构产生的语音美艺术设计。当然，原作的某些语音美设计还是可以尝试模拟保留的，但在通常的情况下，大多数的语音美已经不可能传输或复制了。

利用汉语本身的语音审美特点来营造莎士比亚诗歌的汉译语音审美效果，是莎士比亚作品翻译的一个有效途径。机械照搬原作的语音审美模式多半会失败，并且在大多数的场合下也没有必要。

具体说来，这就涉及翻译莎士比亚戏剧作品时该如何处理：1）节奏；2）韵律；3）措辞。笔者主张，在这三个方面，我们都可以适当借鉴利用中国古代词曲体的某些因素。戏剧剧文中的诗行一般都不宜多用单调的律诗和绝句体式。元明戏剧为什么没有采用前此盛行的五言或七言诗行而采用了长短错杂、众体皆备的词曲体？这是一种艺术形式发展的必然。元明曲体由于要更好更灵活地满足抒情、叙事、论理等诸多需要，故借用发展了词的形式，但不是纯粹的词，而是融入了民间语汇。词这种形式涵盖了一言、二言、三言、四言、五言、六言、七言、八言……乃至十多言的长短句式，因此利于表达变化莫测的情、事、理。从这个意义上看，莎士比亚剧文语言单位的参差不齐状态与中文词曲体句式的参差不齐状态正好有某种相互呼应的效果。

也许有人说，莎士比亚的剧文虽然是格律诗，但并不怎么押韵，因此汉诗翻译也就不必押韵。这个说法也有一定道理，但是道理并不充实。

首先，我们应该明白，既然莎士比亚的剧文是诗体，人们读到现今的散体译文或不押韵的分行译文却难以感受到其应有的诗歌风味，原因即在于其音乐性太弱。如果人们能够照搬莎士比亚素体诗所惯常用的音步效果及由此引起的措辞特点，当然更好。但事实上，原作的节奏效果是印欧语系语言本身的效果，换了一种语言，其效果就大多不能搬用了，所以我们只好利用汉语本身的优势来创造新的音乐美。这种音乐美很难说是原作的音乐美，但是它毕竟能够满足一点：即诗体剧文应该具有诗歌应有的音乐美这个起码要求。而汉译的押韵可以强化这种音乐美。

其次，莎士比亚的剧文不押韵是由诸多因素造成的。第一，属于印欧语系语言的英语在押韵方面存在先天的多音节不规则形式缺陷，导致押韵词汇范围相对较窄。所以对于英国诗人来说，很苦于押韵难工；莎士比亚的许多押韵体诗，例如十四行诗，在押韵方面都不很工整。其次，莎士比亚的剧文虽不押韵，却在节奏方面十分考究，这就弥补了音韵方面的不足。第三，莎士比亚的剧文几乎绝大多数是诗行，对于剧作者来说，每部长达两三千行的诗行行都要押韵，这是一个极大的挑战，很难完成。而一旦改用素体，剧作者便会轻松得多。但是，以上几点对于汉语译本则不是一个问题。汉语的词汇及语音构成方式决定了它天生就是一种有利于押韵的艺术性语言。汉语存在大量同韵字，押韵是一件很容易的事情。汉语的语音音调变化也比莎士比亚使用的英语的音调变化空间大一倍以上。汉语音调至少有四种（加上轻重变化可达六至八种），而英语的音调主要局限于轻重语调两种，所以存在于印欧语系文字诗歌中的频频押韵有时会产生的单调感，在汉语中会在很大程度上由于语调的多变而得到缓解。故汉语戏剧剧文在押韵方面有很大的潜在优势空间，实际上元明戏剧剧文频频押韵就是证明。

第三，莎士比亚的剧文虽然很多不押韵，但却具极强的节奏感。他惯用的格律多半是抑扬格五音步（iambic pentameter）诗行。如果我们在节奏方面难以传达原作的音美，或者可以通过韵律的音美来弥补节奏美的丧失，这种翻译对策谓之堤内损失堤外补，亦谓失之东隅，收之桑榆。我们的语言在某方面有缺陷，可以通过另一方面的优点来弥补。当然，笔者主张在一定程度上借鉴利用传统词曲的风味，却并不主张使用宋词、元曲式的严谨格律，而只是追求一种过分散文化和过分格律化之间的妥协状态。有韵但是不严格，要适当注意平仄，但不过多追求平仄效果及诗行的整齐与否；不必有太固定的建行形式，只是根据诗歌本身的内容和情绪赋予适当的节奏与韵式。在措辞上则保持与白话有一段距离，但是绝非佶屈聱牙的文言，而是趋近典雅、但普通读者也能读懂的语言。

最后，根据翻译标准多元互补论原理，由于莎士比亚作品在内容、形式及审美效应方面具有多样性，因此，只用一种类乎纯诗体译法来翻译所有的莎士比亚剧文，也是不完美的，因为单一的做法也许无形中堵塞了其他有益的审美趣味通道。因此，这套译本的译风虽然整体上强调诗化、诗味，但是在营造诗味的途径和程度上不是单一的。我们允许诗体译风的灵活性和创新性。多译者译法实际上也是在探索诗体译法的诸多可能性，这为我们将来进一步改进这套译本铺垫了一条较宽的道路。因此，译文从严格押韵、半押韵到不押韵的各个程度，译本都有涉猎。但是，无论是否押韵，其节奏和措辞应该总是富于诗意，这个要求则是统一的。这是我们对皇家版《莎士比亚全集》译本的语言和风格要求。不能说我们能完全达到这个目标，但我们是往这个方向努力的。正是这样的努力，使这套译本与前此译本有很大的差异，在一定的意义上来说，标志着中国莎士比亚著作翻译的一次大转折。

翻译突破：还原莎士比亚作品禁忌区域

另有一个课题是中国学者从前讨论得比较少的禁忌领域，即莎士比亚著作中的性描写现象。

　　许多西方学者认为，莎士比亚酷爱色情字眼，他的著作渗透着性描写、性暗示。只要有机会，他就总会在字里行间，用上与性相联系的双关语。西方人很早就搜罗莎士比亚著作的此类用语，编纂了莎士比亚淫秽用语词典。这类词典还不止一种。1995 年，我又看到弗朗基·鲁宾斯坦（Frankie Rubinstein）等编纂了《莎士比亚性双关语释义词典》（*A Dictionary of Shakespeare's Sexual Puns and Their Significance*），厚达372 页。

　　赤裸裸的性描写或过多的淫秽用语在传统中国文学作品中是受到非议的，尽管有《金瓶梅》这样被判为淫秽作品的文学现象，但是中国传统的主流舆论还是抑制这类作品的。莎士比亚的作品固然不是通常意义上的淫秽作品，但是它的大量实际用语确实有很强的色情味。这个极鲜明的特点恰恰被前此的所有汉译本故意掩盖或在无意中抹杀掉。莎士比亚的所有汉译者，尤其是像朱生豪先生这样的译者，显然不愿意中国读者看到莎士比亚的文笔有非常泼辣的大量使用性相关脏话的特点。这个特点多半都被巧妙地漏译或改译。于是出现一种怪现象，莎士比亚著作中有些大段的篇章变成汉语后，尽管读起来是通顺的，读者对这些话语却往往感到莫名其妙。以《罗密欧与朱丽叶》第一幕第一场前面的 30 行台词为例，这是凯普莱特家两个仆人山普孙与葛莱古里之间的淫秽对话。但是，读者阅读过去的汉译本时，很难看到他们是在说淫秽的脏话，甚至会认为这些对话只是仆人之间的胡话，没有什么意义。

　　不过，前此的译本对这类用语和描写的态度也并不完全一样，而是依据年代距离在逐步改变。朱生豪先生的译本对这些东西删除改动得最多，梁实秋先生已经有所保留，但还是有节制。方平先生等的译本保留得更多一些，但仍然持有相当的保留态度。此外，从英语的不同版本看，有的版本注释得明白，有的版本故意模糊，有的版本注释者自己也没有弄懂这些双关语，那就更别说中国译者了。

在这一点上，我们目前使用的皇家版《莎士比亚全集》是做得最好的。

那么，我们该怎样来翻译莎士比亚的这种用语呢？是迫于传统中国道德取向的习惯巧妙地回避，还是尽可能忠实地传达莎士比亚的本真用意？我们认为，前此的译本依据各自所处时代的中国人道德价值的接受状态，采用了相应的翻译对策，出现了某种程度的曲译，这是可以理解的，是特定历史条件下的产物。但是，历史在前进，中国人的道德观已经有了很大的改变，尤其是在性禁忌领域。说实话，无论我们怎样真实地还原莎士比亚著作中的性双关描写，比起当代文学作品中有时无所忌讳的淫秽描写来，莎士比亚还真是有小巫见大巫的感觉。换句话说，目前中国人在这方面的外来道德价值接受状态，已经完全可以接受莎士比亚著作中的性双关用语了。因此，我们的做法是尽可能真实还原莎士比亚性相关用语的现象。在通常的情况下，如果直译不能实现这种现象的传输，我们就采用注释。可以说，在这方面，目前这个版本是所有莎士比亚汉译本中做得最超前的。

译法示例

莎士比亚作品的文字具有多种风格，早期的、中期的和晚期的语言风格有明显区别，悲剧、喜剧、历史剧、十四行诗的语言风格也有区别。甚至同样是悲剧或喜剧，莎士比亚的语言风格往往也会很不相同。比如同样是属于悲剧，《罗密欧与朱丽叶》剧文中就常常有押韵的段落，而大悲剧《李尔王》却很少押韵；同样是喜剧，《威尼斯商人》是格律素体诗，而《快乐的温莎巧妇》却大多是散文体。

与此现象相应，我们的翻译当然也就有多种风格。虽然不完全一一对应，但我们有意避免将莎士比亚著作翻译成千篇一律的一种文体。从这个意义上说，皇家版《莎士比亚全集》汉译本在某些方面采用了全新的译法。这种全新译法不是孤立的一种译法，而是力求展示多种翻译风格、多种审美尝试。多样化为我们将来精益求精提供了相对更多的选择。如果现在固定为一种单一的风格，那么将来要想有新的突破，就困难了。概括说来，我们的多种翻译风格主要包括：1）有韵体诗词曲风味译法；2）有韵体现代文白融合译法；3）无韵体白话诗译法。下面依次选出若干相应风格的译例，供读者和有关方面品鉴。

一、有韵体诗词曲风味译法

有韵体诗词曲风味译法注意使用一些传统诗词曲中诗味比较浓郁的词汇，同时注意遣词不偏僻，节奏比较明快，音韵也比较和谐。但是，它们并不是严格意义上的传统诗词曲，只是带点诗词曲的风味而已。例如：

女巫甲　何时我等再相逢？

　　　　闪电雷鸣急雨中？

女巫乙　待到硝烟烽火静，

　　　　沙场成败见雌雄。

女巫丙　残阳犹挂在西空。　　　　　　（《麦克白》第一幕第一场）

小丑甲　当时年少爱风流，

　　　　有滋有味有甜头；

　　　　行乐哪管韶华逝，

　　　　天下柔情最销愁。　　　　　　（《哈姆莱特》第五幕第一场）

朱丽叶　　天未曙，罗郎，何苦别意匆忙？
　　　　　鸟音啼，声声亮，惊骇罗郎心房。
　　　　　休听作破晓云雀歌，只是夜莺唱，
　　　　　石榴树间，夜夜有它设歌场。
　　　　　信我，罗郎，端的只是夜莺轻唱。

罗密欧　　不，是云雀报晓，不是莺歌，
　　　　　看东方，无情朝阳，暗洒霞光，
　　　　　流云万朵，镶嵌银带飘如浪。
　　　　　星斗如烛，恰似残灯剩微芒，
　　　　　欢乐白昼，悄然驻步雾嶂群岗。
　　　　　奈何，我去也则生，留也必亡。

朱丽叶　　听我言，天际微芒非破晓霞光，
　　　　　只是金乌，吐射流星当空亮，
　　　　　似明炬，今夜为郎，朗照边邦，
　　　　　何愁它曼托瓦路，漫远悠长。
　　　　　且稍待，正无须行色皇皇仓仓。

罗密欧　　纵身陷人手，蒙斧钺加诛于刑场；
　　　　　只要这勾留遂你愿，我欣然承当。
　　　　　让我说，那天际灰朦，非黎明醒眼，
　　　　　乃月神眉宇，幽幽映现，淡淡辉光；
　　　　　那歌鸣亦非云雀之讴，哪怕它
　　　　　嚣然振动于头上空冥，嘹亮高亢。
　　　　　我巴不得栖身此地，永不他往。
　　　　　来吧，死亡！倘朱丽叶愿遂此望。
　　　　　如何，心肝？畅谈吧，趁夜色迷茫。

　　　　　　　　　　　　　（《罗密欧与朱丽叶》第三幕第五场）

二、有韵体现代文白融合译法

有韵体现代文白融合译法的特点是：基本押韵，措辞上白话与文言尽量能够水乳交融；充分利用诗歌的现代节奏感，俾便能够念起来朗朗上口。例如：

哈姆莱特 死，还是生？这才是问题根本：

莫道是苦海无涯，但操戈奋进，

终赢得一片清平；或默对逆运，

忍受它箭石交攻，敢问，

两番选择，何为上乘？

死灭，睡也，倘借得长眠

可治心伤，愈千万肉身苦痛痕，

则岂非美境，人所追寻？死，睡也，

睡中或有梦魇生，唉，症结在此；

倘能撒手这碌碌凡尘，长入死梦，

又谁知梦境何形？念及此忧，

不由人踌躇难定：这满腹疑情

竟使人苟延年命，忍对苦难平生。

假如借短刀一柄，即可解脱身心，

谁甘愿受人世的鞭挞与讥评，

强权者的威压，傲慢者的骄横，

失恋的痛楚，法律的耽延，

官吏的暴虐，甚或默受小人

对贤德者肆意拳脚加身？

谁又愿肩负这如许重担，

流汗、呻吟，疲于奔命，

倘非对死后的处境心存疑云，

惧那未经发现的国土从古至今
无孤旅归来，意志的迷惘
使我辈宁愿忍受现世的忧闷，
而不敢飞身投向未知的苦境？
前瞻后顾使我们全成懦夫，
于是，本色天然的决断决行，
罩上了一层思想的惨淡余阴，
只可惜诸多待举的宏图大业，
竟因此如逝水忽然转向而行，
失掉行动的名分。 　　　（《哈姆莱特》第三幕第一场）

麦克白　　若做了便是了，则快了便是好。
　　　　　若暗下毒手却能横超果报，
　　　　　割人首级却赢得绝世功高，
　　　　　则一击得手便大功告成，
　　　　　千了百了，那么此际此宵，
　　　　　身处时间之海的沙滩、岸畔，
　　　　　何管它来世风险逍遥。但这种事，
　　　　　现世永远有裁判的公道：
　　　　　教人杀戮之策者，必受杀戮之报；
　　　　　给别人下毒者，自有公平正义之手
　　　　　让下毒者自食盘中毒肴。 　　　（《麦克白》第一幕第七场）

损神，耗精，愧煞了浪子风流，
都只为纵欲眠花卧柳，
阴谋，好杀，赌假咒，坏事做到头；

心毒手狠，野蛮粗暴，背信弃义不知羞。

才尝得云雨乐，转眼意趣休。

舍命追求，一到手，没来由

便厌腻个透。呀恰，恰像是钓钩，

但吞香饵，管教你六神无主不自由。

求时疯狂，得时也疯狂，

曾有，现有，还想有，要玩总玩不够。

适才是甜头，转瞬成苦头。

求欢同枕前，梦破云雨后。

唉，普天下谁不知这般儿歹症候，

却避不得便往这通阴曹的天堂路儿上走！

（十四行诗第一百二十九首）

三、无韵体白话诗译法

无韵体白话诗译法的特点是：虽然不押韵，但是译文有很明显的和谐节奏，措辞畅达，有诗味，明显不是普通的口语。例如：

贡妮芮　父亲，我爱您非语言所能表达；

胜过自己的眼睛、天地、自由；

超乎世上的财富或珍宝；犹如

德貌双全、康强、荣誉的生命。

子女献爱，父亲见爱，至多如此；

这种爱使言语贫乏，谈吐空虚：

超过这一切的比拟——我爱您。（《李尔王》第一幕第一场）

李尔　国王要跟康沃尔说话，慈爱的父亲

要跟他女儿说话，命令、等候他们服侍。

这话通禀他们了吗？我的气血都飙起来了！
火爆？火爆公爵？去告诉那烈性公爵——
不，还是别急：也许他是真不舒服。
人病了，常会疏忽健康时应尽的
责任。身子受折磨，
逼着头脑跟它受苦，
人就不由自主了。我要忍耐，
不再顺着我过度的轻率任性，
把难受病人偶然的发作，错认是
健康人的行为。我的王权废掉算了！
为什么要他坐在这里？这种行为
使我相信公爵夫妇不来见我
是伎俩。把我的仆人放出来。
去跟公爵夫妇讲，我要跟他们说话，
现在就要。叫他们出来听我说，
不然我要在他们房门前打起鼓来，
不让他们好睡。　　　（《李尔王》第二幕第二场）

奥瑟罗　　诸位德高望重的大人，
　　　　　我崇敬无比的主子，
　　　　　我带走了这位元老的女儿，
　　　　　这是真的；真的，我和她结了婚，说到底，
　　　　　这就是我最大的罪状，再也没有什么罪名
　　　　　可以加到我头上了。我虽然
　　　　　说话粗鲁，不会花言巧语，
　　　　　但是七年来我用尽了双臂之力，

直到九个月前，我一直
都在战场上拼死拼活，
所以对于这个世界，我只知道
冲锋向前，不敢退缩落后，
也不会用漂亮的字眼来掩饰
不漂亮的行为。不过，如果诸位愿意耐心听听，
我也可以把我没有化装掩盖的全部过程，
一五一十地摆到诸位面前，接受批判：
我绝没有用过什么迷魂汤药、魔法妖术，
还有什么歪门邪道——反正我得到他的女儿，
全用不着这一套。　　　　　　（《奥瑟罗》第一幕第三场）

目 录

《奥瑟罗》导言

对莎士比亚时代的观众来说，"威尼斯的摩尔人"[1]会使他们立刻感到既陌生又熟悉，既是东方的又是西方的。"威尼斯"代表了欧洲的深刻精细，"摩尔人"却带来了东方、北非和中东的风格。不过，这个剧本的原始素材——意大利的一个短篇小说——并未特别强调摩尔人的"外来者"身份。小说为吉拉尔迪·钦蒂奥[2]所著，是一系列劝谕性婚外恋故事中的一个。这个故事的目的是要说明："一个忠实而爱丈夫的妻子没有犯任何错误，但受到阴险毒辣的小人陷害，却被一个忠实而轻信的丈夫谋杀了。"原故事讲的是，威尼斯一个摩尔人因屡立战功而为元老院所倚重，他和一个名叫狄丝德梦娜（Disdemona）的淑女结了婚。威尼斯的元老贵族决定要换防塞浦路斯岛，选了摩尔人为指挥官。狄丝德梦娜坚决要求同行，他们安全到达了塞浦路斯（没有剧本中的风暴和土耳其人）。摩尔人的旗官爱上了狄丝德梦娜，但是他的爱情并没有得到回报。旗官认为

---

1 《奥瑟罗》全名为《威尼斯的摩尔人奥瑟罗的悲剧》(*The Tragedy of Othello, the Moor of Venice*)。——译者附注

2 全名为乔瓦尼·巴蒂斯塔·吉拉尔迪·钦蒂奥（Giovanni Battista Giraldi Ginthio）。——译者附注

她爱上了自己的上级士官。他对狄丝德梦娜由爱生恨，并且决定，如果他得不到她，摩尔人也不能够。于是他就设法使摩尔人妒忌士官，这样同时毁了他们两个人。

威尼斯由于娼妓人数众多，行动公开，而为人妻者也行为放荡，因此臭名昭著，但却成了那时欧洲的玩乐首都，性爱自由的旅游胜地。然而钦蒂奥的狄丝德梦娜却是一个非典型的威尼斯女人，"推动她的爱情的不是一般妇女的性欲，而是摩尔人的品德"。莎士比亚同样把他的苔丝梦娜塑造成这样的形象，尽管剧中的男性角色对待威尼斯女人仍然遵循陈规老套的态度。伊阿戈在海边谈到女人纵欲放荡，撩拨起罗德里戈的情欲 [1]；他又利用奥瑟罗害怕妻子会与威尼斯其他女人一样同流合污的弱点，提醒摩尔人说，威尼斯女人有性欺骗的习惯 [2]：

> 我知道我们国的风气，
>
> 在威尼斯，妇女的风流勾当是不瞒天地，
>
> 只瞒丈夫的，她们的良心不是
>
> 不干风流艳事，而是要干得没人知道。

亨利·沃顿爵士（Sir Henry Wotton）在 16 世纪 90 年代到访威尼斯时，注意到在街上很难分清娼妓和贤妻，剧中的妓女碧恩嘉就是一个例子。在偷听的那一场戏中 [3]，奥瑟罗就分不清伊阿戈和卡西奥谈的到底是哪一个女人——妻子还是妓女。伊阿戈似乎有意无意地谈到苔丝梦娜的"口味"和"愿望"，他把威尼斯女人看成情欲动物的观点，很快就使奥瑟罗相信他妻子的手又热又湿，这是性生活放荡的传统标记。在第四幕中，妻子和妓女的分别可怕地消失而融合了，家庭变成了妓院，而苔丝梦娜

1　见第二幕第一场。——译者附注

2　见第三幕第三场。——译者附注

3　见第四幕第一场。——译者附注

多次被叫作婊子或娼妓（strumpet 两次，whore 三次），直到最后露骨的粗野话："我把你当成威尼斯那个狡猾的、/ 迷住了奥瑟罗的狐狸精了呢。"奥瑟罗只有在杀妻之后才重新发现她是冰清玉洁的——话虽如此，我们却不能把她看成文艺复兴时期彼特拉克（Petrarch）诗歌传统中冰清玉洁的女性，因为在奥瑟罗来到塞浦路斯之前的那一场戏中，苔丝梦娜和伊阿戈的对话[1]说明她对性方面的玩笑话并不是无知的。

奥瑟罗不太懂得这种具有双重意义的语言，因为他是一个"脚上长了轮子的流浪汉"[2]，所理解的是一种完全不同的诗意语言。他的语言有丰富的典故，充满了异国风味：阿拉伯胶林、阿勒颇扎头巾的土耳其人，更不用说"吃人的生番……头低于肩的畸形人"[3]了。威尼斯公爵在戏剧开始时说："勇敢的奥瑟罗，我们必须立刻派你 / 去对付我们的公敌奥托曼人（土耳其人）。"[4]观众听到将军的名字"奥瑟罗"和公敌"奥托曼"之间有声音相仿之处，如果你把主角的名字化为意大利文"奥泰洛"（Otello），听起来就更接近了。基督教文明的对头、强大的土耳其帝国的创始人名叫奥斯曼，那么，奥瑟罗的名字就提示了他的家族根源来自土耳其帝国境内，而他现在却在为他的敌国作战。基督徒和土耳其人的冲突是莎士比亚给原著增加的一个主要的创新点。

对莎士比亚和他的同代人来说，土耳其、阿拉伯和摩尔这三个名词代表的都是伊斯兰"异教徒"，但是它们并不等同于简单划一的"蛮族"这个通称。阿拉伯文化经常和学术、文明联系在一起，与土耳其、撒拉

---

1 例如，第二幕第一场，伊阿戈说他的妻子在床上却像在干家务，苔丝梦娜说："狗嘴里吐不出象牙！"——译者附注

2 见第一幕第一场。——译者附注

3 见第一幕第三场。——译者附注

4 见第一幕第三场。——译者附注

逊普遍的形象相反。一个柏柏里人可以"勇敢",而非"野蛮":在乔治·皮尔(George Peele)的《柏柏里的阿尔卡萨之战》(*Battle of Alcazar in Barbary*),一个根据当时发生不久的历史事件写成的剧本中,既有"野蛮的摩尔人/黑人穆利·罕默德[1]",又有"勇敢的柏柏里王穆利·摩洛哥[2]"。一个摩尔人可以帮助你打败土耳其人,也可以帮助你打败西班牙人。如何判断伊斯兰"异教徒"的性质,不但要看一成不变的意识形态,还要看在争夺世界霸权的斗争中的外交联系和变化的结盟关系等具体情况。在《阿尔卡萨之战》结束时,反派的摩尔人穆利·穆罕默德战败了,柏柏里的王位由阿卜杜勒梅莱克忠诚的兄弟继承。他的名字也叫穆利·穆罕默德,并且是一个真实的历史人物。他的使臣阿卜杜勒-瓦赫德·本·马萨乌德(Abd-el-Oahed ben Massaood)曾于1600年到英国谒见伊丽莎白女王(Queen Elizabeth),探讨有无可能联合英国海军和非洲陆军,共同攻打西班牙。莎士比亚所在的剧团当年圣诞节期间曾在宫廷演出,他可能亲眼看见过柏柏里使团。留存下来的大使画像可能是我们能够找到的最接近莎士比亚心目中奥瑟罗的形象了。

皮尔的剧本把历史材料和更普遍意义上的野蛮人、他者、魔鬼结合在了一起——反派穆利·穆罕默德让人联想到的都是魔鬼和地狱。来观看《威尼斯的摩尔人》的观众本来以为看到的会是这一类的故事,结果看到的却是一个惊人的反转:剧中与恶魔、应受谴责的行为联系在一起的,是一个诡计多端的威尼斯人。

"摩尔的"这个词在早期的现代英语中主要用来标示宗教,而不是种

---

1 穆利·罕默德(Muly Hamet),即后文的穆利·穆罕默德(Muly Mahamet),剧中的反派。——译者附注

2 穆利·摩洛哥(Muly Molocco),即后文的阿卜杜勒梅莱克(Abdelmelec),摩洛哥合法的国王。——译者附注

族："摩尔的"意思是"穆罕默德的"，也就是"穆斯林的"。这个词经常被用来表示"非我族类"，非基督教的。对这部剧最早的观众来说，关于奥瑟罗这个人物最显著的特点之一是：他是一个改皈宗教信仰的基督徒。至于本剧的背景，在第一场中就已经作了铺垫；伊阿戈吹嘘自己的战争功绩，贬损卡西奥对战争只有"理论"知识（卡西奥的家乡佛罗伦萨出过马基雅弗利［Machiavelli］等多位军事理论专家）：

> 我呢，摩尔人亲眼看见我在罗得岛，
>
> 在塞浦路斯，在基督徒或异教徒的战场上，
>
> 是怎样打仗的……

寥寥几笔就说明了基督徒和异教徒统治版图之间的对抗，冲突的地点在罗得岛和塞浦路斯。令人惊奇的是，摩尔人是为基督徒而战，不是为异教徒。

下面我们再看看对于塞浦路斯那场酗酒闹事，奥瑟罗是怎样批评的[1]：

> 难道你们都变成了土耳其人，
>
> 动手打起自己人来了？这样像野蛮人
>
> 一样打闹，难道不怕丢了基督徒的脸！

这样的基督徒的语言，却出自一个摩尔人，一个穆斯林之口，本身就是自相矛盾的。这表明奥瑟罗改皈了宗教信仰。那么，伊阿戈说到的要奥瑟罗放弃的"洗礼"，指的就不是出生后的洗礼，而是转变信仰时的洗礼了。剧中的情节，是伊阿戈的阴谋诡计又使奥瑟罗转变了他的基督教信仰。这样看来，伊阿戈对"地狱里的神灵"的呼吁，奥瑟罗在剧终前承认他应该下地狱，这些都是合乎情理的了。

在伊丽莎白时代，信仰转变是人们看待欧洲基督教和奥斯曼帝国之

1　见第二幕第三场。——译者附注

间关系的重要问题。"成了土耳其人"这句话进入了日常用语的辞典。对于 16 世纪的欧洲人来说，"伊斯兰"已经成了一支强大的外来力量，就像共产主义在 20 世纪对美国人来说一样。"成了土耳其人"就是转向对方。转向发生的原因有很多种：一些旅行者因为吸收了伊斯兰文化而转向，另有一些战争的俘虏成了奴隶，希望转向就能得到释放。人们很容易忘记有多少英国私掠船船员成了奥斯曼帝国的奴隶——举个例子，曾有一次有两千名英国妇女向詹姆斯国王（King James）和国会请愿，要求帮助赎回她们被穆斯林俘虏的丈夫。

奥瑟罗以一吻结束了自己的生命，这一吻是黑人和白人的拥抱，也许象征着东西方道德的和解。但在带回威尼斯的报告中，奥瑟罗希望公众记住的，却是基督教和土耳其的对立，是他在阿勒颇——极东的叙利亚一地——作为基督教保卫者的形象。奥瑟罗的自杀行为表明，他承认自己成了土耳其人。通过扼杀苔丝梦娜，他放弃了基督教文明，罚自己入了地狱。他象征性地收回了他成为基督徒时放弃的伊斯兰教标志——扎头巾、行割礼。他殴打了自己的威尼斯妻子，给这个国家抹了黑。他已经成了土耳其人。然而，使他成为土耳其人的，不是奥斯曼帝国，而是"诡计多端的"威尼斯人，是"老实的"伊阿戈。

由于莎士比亚改编了原始素材，增加了有关土耳其的内容，因此他拿掉了钦蒂奥原小说中旗官爱上狄丝德梦娜的简单动机。有人认为，伊阿戈作恶的动机不够，完全是为作恶而作恶。文艺复兴时期的戏剧有一个惯例：剧中人的独白都是可以相信的真话。但是我们很难相信伊阿戈妄想的独白中说的：奥瑟罗与卡西奥都和艾米莉娅上过床。艾米莉娅是莎士比亚戏剧中最有主见的女性角色之一。她坚决谴责性生活的双重标准：男方可以有婚外情，而女方却不可以。我们不能排除她对伊阿戈有不忠实的可能（格雷戈里·多兰 [Gregory Doran] 排演的皇家莎士比亚剧团版本就暗示她和洛多维科有私），但是说奥瑟罗和她上床，那却是荒谬可笑的。

为了晋升而产生妒忌，这足以解释伊阿戈实施的前一半阴谋诡计：利用卡西奥好酒贪杯的弱点，令他遭到撤职。但是伊阿戈为什么要继续向前推进他的阴谋诡计，要彻底毁了他的将军不可呢？他要晋升，还得依靠这个将军的。奥瑟罗在剧终时提出了这个问题："我能不能问问这个长着人头的魔鬼，/为什么要陷害我的灵魂和我的肉体？"但是伊阿戈却拒绝回答，只说："不要再问我了；你知道多少就是多少。/从现在起，我什么也不会再说。"这似乎是有意在向观众挑战，要观众自己去解决问题。迎战者当中，没有人比得上浪漫主义评论家威廉·黑兹利特（William Hazlitt）；他认为伊阿戈这样做的原因是他喜欢演戏：

> 伊阿戈在实际生活中是一个业余的悲剧作家。但是他没有创作想象的人物，或者被遗忘很久的事件，而是采取了更大胆、更极端的做法，把剧情搬到自己家中，把主要角色分配给他的亲朋好友或相识的人，并且在彩排时非常认真，四平八稳，毫不动摇。

正因为伊阿戈是剧作家、导演和反派演员三位一体，他在剧院中有逼人的力量。他在剧中的演出最多，因此很容易压低其他角色，就像在《李尔王》（King Lear）中爱德蒙（Edmund）可以压低爱德加（Edgar）一样。莎士比亚的难题是要使奥瑟罗高出于其他受骗人（如罗德里戈）之上。如果奥瑟罗只是为了一块捡到的手帕就成了一个语无伦次的大傻瓜，那真是活该受骗。但是这部诗剧令人难忘的效果是：我们从来没有觉得奥瑟罗愚蠢可笑，即使在第三幕引诱奥瑟罗上当的场景中，伊阿戈为了实现他的阴谋诡计，几乎扭曲了每一句话、每一个细节，但效果还是一样。相反的，我们可以把摩尔人的原话奉送给他自己："但是多可惜呀！啊，伊阿戈！多可惜呀！"[1]

1　见第四幕第一场。——译者附注

　　苔丝梦娜赢得我们的同情并不是因为她可悲的结局，而是因为她勇敢地反对她父亲的意愿，跟随她的丈夫前往威尼斯公国在塞浦路斯的前线，又慷慨地为卡西奥说情，结果导致了自己的死亡。奥瑟罗引起我们的同情，是因为他也引起了我们的敬畏，尤其是他那高响入云的语言。在文艺复兴时期，理性思考力（ratio）和语言说服力（oratio）是把人类提高到其他动物水平之上的两种能力。《奥瑟罗》的悲剧正在于，伊阿戈具有说服力但似是而非的推理（你是黑人，你年纪大了，威尼斯女人是以轻浮出名的……）使奥瑟罗从一个大演说家（"我虽然说话粗鲁，"他开头先巧妙地自谦，但他接下去讲述时迷住了听众的语言却绝不是粗鲁的："谈到在海上和陆上最动人的事件，/一发千钧、死里逃生的关头"[1]）变成了野蛮的动物。但是他最后的两段讲话，前一段沉着坦荡，后一段温柔亲密，语言的优势使奥瑟罗恢复了他做人的品格，使他显得是一个堂堂正正的人物。

参考资料

剧情：摩尔人奥瑟罗是威尼斯公国的一个将军，他和威尼斯元老布拉班修的女儿苔丝梦娜秘密地结了婚。伊阿戈是个旗官，他因为没有得到晋升而对奥瑟罗心怀怨恨，于是和单恋苔丝梦娜的罗德里戈联手。他们两人在半夜里吵醒了布拉班修，告诉他女儿私奔的消息。布拉班修向元老院告发这事，但女儿是自愿嫁给奥瑟罗的，于是父女断绝关系。奥瑟罗立刻被派往威尼斯的领地塞浦路斯，以防可能来犯的土耳其人。苔丝梦娜和丈夫同去，同行的有伊阿戈的妻子艾米莉娅，还有奥瑟罗的副将迈

1　见第一幕第三场。——译者附注

柯·卡西奥，他新近升任的职务正是伊阿戈企图得到的。到塞浦路斯后，伊阿戈在奥瑟罗心中播下怀疑的种子，令他疑心苔丝梦娜和卡西奥有染。伊阿戈安排了卡西奥酗酒闹事的一场戏，卡西奥受到奥瑟罗的谴责，被免去副将的职务。苔丝梦娜为卡西奥向奥瑟罗求情，但说多了，反使奥瑟罗相信卡西奥是她的情人。伊阿戈得到了奥瑟罗送给苔丝梦娜的定情手帕，把它说成是通奸的"证据"。妒忌使奥瑟罗越来越丧失理智，他要伊阿戈去杀卡西奥，自己则亲手扼杀了苔丝梦娜。艾米莉娅揭穿了她丈夫的阴谋，奥瑟罗悔恨莫及，自杀而死。伊阿戈在杀死了自己的妻子之后，被交由威尼斯公国的法庭制裁。

主要角色:（列有台词行数百分比／台词段数／上场次数）伊阿戈（31%/272/12），奥瑟罗（25%/274/12），苔丝梦娜（11%/165/9），卡西奥（8%/110/9），艾米莉娅（7%/103/8），布拉班修（4%/30/3），罗德里戈（3%/59/7），洛多维科（2%/33/4），威尼斯公爵（2%/25/1），蒙太诺（2%/24/3）

语体风格: 诗体约占 80%，散体约占 20%。

创作年代: 1604 年。1604 年 11 月间在宫廷演出；显然用到了诺尔斯（Richard Knolles）于 1603 年年末出版的《土耳其民族史》（*The Generall Historie of the Turkes*）；由于 1603 年 5 月至 1604 年 4 月间瘟疫盛行，剧院关闭，创作时间很可能晚于这一时期。英王詹姆斯很关心地中海东部地区的土耳其战争，他写过一首关于 1571 年勒班陀海战的诗，这首诗还在 1603 年他登基后重印过一次。然而有的学者认为，创作年代可能要略早一点。

取材来源： 根据意大利作家乔瓦尼·巴蒂斯塔·吉拉尔迪·钦蒂奥《百则故事》(*Gli Hecatommithi*，1565 年) 中的一个短篇改编，作者读的可能是加布里埃尔·沙皮 (Gabriel Chappuys) 1584 年的法译本。剧中历史背景可能来自理查德·诺尔斯的《土耳其民族史》(1603 年)，刘易斯·卢克诺爵士 (Sir Lewes Lewkenor) 英译的加斯帕罗·孔塔里尼 (Gasparo Contarini) 所著《威尼斯国家与政府》(*The Commonwealth and Government of Venice*，1599 年)，约翰·波里 (John Pory) 英译的莱奥·阿非利加努斯 (Leo Africanus) 所著《非洲地史》(*Geographical Historie of Africa*，1600 年)。

文本： 早期有两种显然不同的版本：1622 年出版的一个四开本和 1623 年出版的第一对开本。对开本中有 150 多行是四开本中没有的。四开本中有更完备的舞台说明，有少数句行是对开本所没有的，还有对开本中大量遭删改的诅咒渎神用语，这是当时舞台上禁止诅咒发誓的结果。总之，大约有一千处异文。这两个文本可能是根据两个不同的剧团稿本抄印的，对开本可能根据的是国王剧团抄写员拉尔夫·克兰 (Ralph Crane) 的手稿。有些对开本专有的段落，包括奥瑟罗那段"黑海"的台词[1] 和苔丝梦娜的《杨柳曲》[2] 在内，究竟是为了演出效果有意加进去的，还是演出时出于实际考量后来删掉的，学者们的意见不同。我们尊重对开本的完整性，但是改正了很多明显的错误——主要是因为排字工人戊 (Compositor E) 是对开本的排字学徒中技术最差的一个——在这方面，四开本给了我们很大的帮助。

乔纳森·贝特 (Jonathan Bate)

---

1 见第三幕第三场。——译者附注
2 见第四幕第三场。——译者附注

奥瑟罗

奥瑟罗，摩尔人，在威尼斯供职的将军

布拉班修，元老，苔丝梦娜的父亲

卡西奥，奥瑟罗正直的副将

伊阿戈，诡计多端的人，奥瑟罗的旗官

罗德里戈，上当受骗的绅士

威尼斯**公爵**

元老数人

蒙太诺，塞浦路斯总督

塞浦路斯**绅士数人**

洛多维科
}威尼斯贵族，布拉班修的亲戚
格拉先诺

水手数人

丑角，奥瑟罗的仆人

苔丝梦娜，布拉班修的女儿，奥瑟罗的妻子

艾米莉娅，伊阿戈的妻子

碧恩嘉，妓女

警吏、乐师、侍从各数人，信差、传令官各一人

第 一 幕

第一场　　／　　第一景

威尼斯—街道

罗德里戈与伊阿戈上

罗德里戈　　算了，不要说了！我觉得你，伊阿戈，
这样做不太好。你花我的钱就像花你自己的，
但对我这么重要的事情，却现在才告诉我。

伊阿戈　　老天在上，你怎么不听我说？我要是做梦
想得到他会干出这种事来，老天也不会原谅我。

罗德里戈　　你告诉过我，
你对他怀恨在心。

伊阿戈　　我怎能不恨他呢？
三个城里的大人物正式
向他推荐我做他的副将，
这简直是向他脱帽致敬了，说老实话，
我也知道自己的身价，够得上这个格；
但是他却目中无人，别有用心，
满嘴吐着带火药味的字眼，
用些不三不四的话来搪塞，把我的
三个大人物打发走了。说什么"当然啰！
我已经选好了我的副将"。
选了什么人呢？
一个会加减乘除的算学家，

一个叫迈柯·卡西奥的佛罗伦萨人——
因为老婆漂亮注定要戴绿帽子的家伙——
他在战场上不会排队列阵，
就像个足不出户的老姑娘一样，
只有书本知识、空头理论，
那也比不上穿宽袖长袍的元老呀。
他的全副本领在于空口说白话，不能
联系实际。但是天哪！他却被选上了。
我呢，摩尔人亲眼看见我在罗得岛，
在塞浦路斯，在基督徒或异教徒的战场上，
是怎样打仗的，但是我却无风难行船，
不得不低三下四地听这个收支不符的
账房先生的摆布。他——运气真好——倒成了副将，
而我呢——真对不起！——还是摩尔将军的小旗官。

罗德里戈 我倒巴不得是把他吊死的刽子手。

伊阿戈 唉！真没办法；这是军队的规定：
提升要讨上级喜欢，要得到他的好感，
而不是按老规矩一级一级上升的。
现在，先生，你该明白
我没有任何理由
喜欢这个摩尔人吧。

罗德里戈 那我可不愿跟着他这样的人干哪。

伊阿戈 啊，先生，你认为我愿意吗？
我跟他也有我的打算。
我们不能每个人都做主子，主子也
不一定有人真心跟随。你可能看到
一些老老实实、卑躬屈膝的奴才，

心甘情愿地忍辱负重，逆来顺受地
消磨时间，简直像是主人的一头驴子，
他的要求不过是吃饱肚子而已，等到老了，就给
打发出门；这种奴才难道不该挨上一顿鞭子？
还有一些人表面上已经磨炼得到家了，摆出一副
尽心尽力的样子，其实却有自己的打算，
看起来是为主子效劳，心里却是想
踩在他们肩膀上往上爬，
等到时机成熟，过了河
就拆桥：这种人倒有心计，
不瞒你老兄说，我承认我就是这样的一个人。
我敢肯定你是罗德里戈，但假如我是摩尔人，
可不敢肯定我会要伊阿戈这样的副手。
我跟着他，其实是顺着我自己。
老天可以作证，我装模作样，既不是对他好，
也不是要尽责，而只是有自己的打算。
假如我外表的行动会泄露
我内心的算计，那不消多久，
你会看到我袖中暗藏的玄机
也会挂到面子上来，让乌鸦
乱啄。我并不是表面上看起来的我。

罗德里戈　那厚嘴唇的摩尔人要吃得消
你这一套，就算他走运了！

伊阿戈　把她的父亲叫醒吧！
要吵得他睡不着觉，不让他舒舒服服地过这一夜，
到大街小巷去宣布这件丑事，给她的亲戚煽风点火，
就算他住在天气这样好的地方，

也要让蚊子苍蝇来骚扰他；

给他的快乐泼上污水，

涂上阴暗的颜色。

罗德里戈　这就到了她父亲的家。我来喊叫吧！

伊阿戈　　喊吧！拼命喊吧！

就像大城市夜里失了火一样，

喊得大家丧魂失魄吧！

罗德里戈　出事了！喂！布拉班修！布拉班修大人，喂！

伊阿戈　　起来吧！喂！布拉班修，有贼，有贼！

瞧瞧你家丢了什么？女儿在家里吗？丢了钱财没有？

捉贼，捉贼呀！

布拉班修　（自高台，在一窗口）半夜三更这样叫嚷干吗？

出了什么事吗？

罗德里戈　大人，你们全家人都在家里吗？

伊阿戈　　你家的门上了锁吗？

布拉班修　你们问这些干什么？

伊阿戈　　先生，你家里丢了人啦。真丢脸，快穿上你的

元老服吧！你的心都要碎了，你已经丢掉了半条命：

就是现在，现在，的确就是现在，一头黑公羊

正在糟蹋你家的小白羊呢。起来吧，起来！

敲钟唤醒酣睡的市民吧，

要不然，魔鬼就要让你做外公了。

起来吧，听我的！

布拉班修　怎么，你发糊涂了？

罗德里戈　尊敬的大人，你听得出我的声音吗？

布拉班修　听不出。你是谁呀？

罗德里戈　我是罗德里戈。

布拉班修　那更是不欢迎了。

我不是对你说过，不要再上门来打扰我的安宁吗？

你已经清清楚楚听到过我告诉你：

我的女儿不会嫁给你。你现在怎么又发起神经病来？——

是晚饭吃得太饱，还是酒喝得太多？——

怎么又胡搅蛮缠地半夜三更

来打扰我的安宁了！

罗德里戈　大人，大人，大人——

布拉班修　你应该识相，

要是我发起脾气来，我的

地位会叫你吃不消的。

罗德里戈　不要着急，我的好大人。

布拉班修　你胡说什么丢人偷东西了？这里

是威尼斯，我住的地方又不是独家独户。

罗德里戈　最尊敬的布拉班修，

我是好心好意来告诉你的。

伊阿戈　先生，你是一位听了魔鬼的话就不信上帝的人。怎么能够因
为我们来帮你的忙反而说我们是坏人呢？难道你愿意你的女
儿给一匹野马[1]糟蹋吗？你愿意你的外孙只会像马一样嘶叫？
你愿意和野马攀亲戚吗？

布拉班修　你是个什么流氓痞子？

伊阿戈　先生，我是来通风报信的好人；我来告诉你：你的女儿正和
摩尔人胸贴胸、肩靠肩地干着见不得人的勾当呢。

布拉班修　你这是胡说。

伊阿戈　你还是元老呢。

1　野马：指奥瑟罗。原文 Barbary horse 中的 Barbary 指柏柏里，埃及以西的北非沿海地区。

布拉班修 罗德里戈，我认得你，说这些话要你负责。

罗德里戈 大人，我可以负责。不过我也先要问问：
你是不是当真心甘情愿地同意了——这点
我不太相信——你会答应
你的女儿在深更半夜，
身边一个陪护的人都没有，
由一个谁都可以雇用的下贱船夫
送到那个不要脸的摩尔人怀抱里去吗？
假如这件事你是知情的，而且是得到了你的允许，
那我们刚才的确是胆大妄为，多有冒犯了。
但是如果你不知情，那你怎么能够
不讲道理就错怪我们呢？不要以为
我们那样不懂规矩，
居然和阁下开起这种没分寸的玩笑来。
你的女儿——如果没有得到你的允许——
就把自己的内心和外貌、才智和财富
都交给一个脚上长了轮子的流浪汉，那我可要
再说一遍，她真是犯下违抗父命的严重错误了。
其实直截了当，一下就可以了解真相：只要
去看看她是不是在房里，或者是不是在家中。
如果她在，那就随你按照公国的法律
惩罚我的欺骗罪吧。

布拉班修 喂！点起火来。
给我一根蜡烛！把家里人都叫醒！
这真像一场噩梦，已经
压得我喘不过气来。
快快点火！我说，快点！

　　　　　　　　　　　　　　　　　　　　　　　自高台下

伊阿戈　　再见吧，我得离开你们了。

　　　　　　我若留下来，那就不得不和摩尔人

　　　　　　面对面地对证。作为他的旗官，

　　　　　　这看来是既不合适，又不稳当的。

　　　　　　虽然这会给他增加一些麻烦，

　　　　　　但是公爵绝不会免除他的官职，

　　　　　　因为塞浦路斯的战事

　　　　　　还正用得上他，没有他，

　　　　　　公国就不安全，哪一个人

　　　　　　有本领能代替他呢？我虽然恨他

　　　　　　恨得要命，像在地狱里受罪一样，

　　　　　　但是从现实的需要看来，

　　　　　　我也只得装模作样，做出爱护他的样子，

　　　　　　到底，爱护不过是个幌子而已。你们要找到他，

　　　　　　可以带搜索的人到马神旅馆去，

　　　　　　我也会在他身边。再见吧。　　　　　　　　　下

布拉班修率众仆人执火把上

布拉班修　真是祸从天降：她居然不在

　　　　　　房间。我倒霉的时间里就只

　　　　　　剩下痛苦了。得了，罗德里戈，

　　　　　　你在哪里看见她的？——啊！可怜的孩子！——

　　　　　　你说她和摩尔人在一起？——谁还敢当父亲哪？——

　　　　　　你怎么知道一定是她呢？——啊！她居然敢欺骗我，

　　　　　　真是难以想象！——她对你说什么来着？——再来些蜡烛！

　　　　　　把我的亲人都叫起来！——你说他们结了婚吗？

罗德里戈　的确，我想他们结了婚。

布拉班修　啊，天哪！她怎么出去的？骨肉之情

都没有了！从今以后，父亲无论看到

女儿如何规矩也不信她心里干净啦。

是什么歪门邪道使青年男女

上当受骗的？罗德里戈，

你读过这类书吗？

罗德里戈 读过，大人，我倒读过。

布拉班修 叫我的兄弟来！——早知如此，还不如让她嫁给你呢！——

你们分两条路去找。——（对罗德里戈）你知道

我们走哪条路可以抓到她和那个摩尔人？

罗德里戈 我想我能满足你的心愿找到他们，

只要你派些得力的人同去。

布拉班修 那就请你带路吧。我要挨家挨户叫唤，

召集尽可能多的人手。——带上你们的武器，喂，

再找上几个巡夜的警吏同去。——

走吧，好罗德里戈，辛苦你了，我会酬谢你的。　　　　众人下

第二场 / 第二景

威尼斯马神旅馆外

奥瑟罗、伊阿戈及众侍从执火把上

伊阿戈 虽然我在战场上杀过人，

但总觉得存心谋杀会于心不安，

所以生来不干这种伤天害理的事。

　　　　　　但对于他 [1]，我却十回总有九回
　　　　　　想在他的肋骨下捅上一刀子。
奥瑟罗　　让他说他的去吧。
伊阿戈　　不行，他这样
　　　　　　胡说八道，用些乱七八糟的话
　　　　　　来破坏你的名声，
　　　　　　就连我这样不怕鬼不信神的人听了
　　　　　　都觉得受不了。不过，将军，我要问你一声：
　　　　　　你们结婚了吗？因为你要知道：
　　　　　　这位元老说的话
　　　　　　分量很重，比公爵的话还
　　　　　　重一倍呢。他可以拆散
　　　　　　你们的婚姻，利用
　　　　　　法律赋予他的权力
　　　　　　来限制你，伤害你。
奥瑟罗　　那也只好随他的便了。
　　　　　　好在我为大公国做的事，
　　　　　　总比口里说的空话更有力量吧。大家还不知道——
　　　　　　如果我知道夸耀也是光荣的话，
　　　　　　我也会当众宣布我的成就——我的出身
　　　　　　也是王室家族，至于我立下的功劳，
　　　　　　谈起来并不必向别人脱帽致敬，我得到今天
　　　　　　值得骄傲的地位也是毫无愧色的。你要知道，伊阿戈，
　　　　　　要不是为了温柔美丽的苔丝梦娜，
　　　　　　即使把海上的珍宝都给我，我也不愿

1　指罗德里戈。

　　　　　放弃自由自在、无拘无束的生活。

　　　　　瞧，那边有火光朝我们走来了。

卡西奥及众警吏执火把上

伊阿戈　　来的是夜里吵醒了的父老乡亲。

　　　　　你最好进去避一下。

奥瑟罗　　不，我不怕人家找我。

　　　　　我有名有位，问心无愧，

　　　　　怕什么呢？来的是他们吗？

伊阿戈　　两面神[1]在上，我看不是他们。

奥瑟罗　　是公爵的仆人吗？还有我的副将在一起呢。——

　　　　　朋友们，你们夜里好呀！

　　　　　有什么消息吗？

卡西奥　　公爵正找你呢，将军。

　　　　　他要你赶快去，

　　　　　马上就去。

奥瑟罗　　出了什么事，你看？

卡西奥　　我猜大约是塞浦路斯的事，

　　　　　正闹得火急呢。一夜之间，

　　　　　兵船上接二连三

　　　　　派来了十几个使者。

　　　　　许多元老夜里被叫起来开会，

　　　　　已经在公爵府了。现在，大家

　　　　　正急着找你；在你家里

　　　　　没找到，元老院又派人

1　即雅努斯（Janus），古罗马神话中的开端之神、门户之神和道路之神；他有两副面孔，一副面向未来，一副面向过去。

	分头寻找。
奥瑟罗	那好，总算给你们找到了。
	我要进屋去说句话，
	再跟你们走。

下

卡西奥	旗官，他在这里干什么？
伊阿戈	嗯，他今夜走了桃花运：如果可以
	合法占有，他这辈子就心满意足了。
卡西奥	我听不懂你的话。
伊阿戈	他结婚了。
卡西奥	同谁呀？
伊阿戈	圣母马利亚在上，同——

奥瑟罗上

你来了，将军，走吗？

奥瑟罗	我同你走。
卡西奥	又有人找你来了。

布拉班修、罗德里戈及众警吏执火把亦携武器上

伊阿戈	是布拉班修。将军，你可得要提防：
	他来恐怕不是好事。
奥瑟罗	站住！
罗德里戈	大人，就是这个摩尔人。
布拉班修	抓住这个坏东西！（众人拔剑）
伊阿戈	你，罗德里戈？来吧，老兄，我来和你打交道。
奥瑟罗	不要让露水使闪亮的宝剑生锈。
	尊敬的元老，你的高龄已经远远
	超过动武的岁月了。
布拉班修	你这个可恶的家伙，
	把我的女儿藏到哪里去了？

你这个该死的东西，用什么迷魂汤灌进了
她的心里，才让她做出这样不合情理的事情！——
假如你不是用歪门邪道，
一个这样年轻漂亮、温柔快活的少女，
国内多少鬈发的富家子弟
都赢不到她的欢心，
怎么可能会——不怕天下人笑话——
离开娇生惯养她的父母，投身到你这样一个人
的怀抱里去？她害怕还来不及，哪里谈得上喜欢！
让全世界来评评看，看这是不是显而易见的道理：
假如你不是用了什么左道旁门的秘方邪药，
迷惑了她娇嫩的心灵，削弱了她
行动的能力，你可能做得到吗？
这不是明明白白一眼就可以看穿的吗？
所以我要抓你去进行审判，
惩罚你这个欺世盗名、
违法犯禁、伤风败俗的罪人。——
抓住他：要是他敢反抗，
就制服他，让他自食苦果。

奥瑟罗　双方都住手吧，
不管是支持我的还是反对我的。
要是我想动武的话，我早就动手了，
用不着别人提醒。——你要我到哪里
去对你的控告进行答辩呀？

布拉班修　进监狱去，等到
法庭正式开庭，
传唤你的时候再说。

奥瑟罗　　听你的话行吗？

　　　　　　公爵会答应吗？

　　　　　　公爵府的使者就在我的身边，

　　　　　　正有紧急公事

　　　　　　要找我去呢。

警吏　　　尊敬的元老，这是真的：

　　　　　　公爵正要开会，我敢肯定，

　　　　　　已经派人去请您出席了。

布拉班修　怎么？公爵要开会？

　　　　　　在这样深更半夜的时刻？把他带走吧；

　　　　　　我这一件也不是小事：不管公爵也好，

　　　　　　哪位元老也好，

　　　　　　都会把这当作对自己的侮辱。

　　　　　　假如这种伤风败俗的事可以不闻不问，

　　　　　　那不是让奴才和异教徒来当家做主，横行霸道！　　　众人下

第三场　　/　　第三景

威尼斯公爵府议事厅

公爵、众元老及警吏执火把上

公爵　　　（与众人围桌而坐）消息各不相同，

　　　　　　都不可以全信。

元老甲　　的确，船数不等，

给我的信上说是一百零七条。

公爵　　给我的信却说是一百四十。

元老乙　而我的消息是二百。

　　　　　虽然说法不同，但是观测

　　　　　本来就很难说得准确——

　　　　　不过这些信都证实了一点：

　　　　　土耳其舰队正向塞浦路斯开来。

公爵　　这很可能是估计的错误，

　　　　　但并不能掉以轻心，

　　　　　重要的是，不管来多少船，

　　　　　反正都令人不安。

水兵　　（幕内）报告，报告，报告！

　　水兵上

警吏　　是兵船上派来的人。

公爵　　那么，又有什么消息？

水兵　　土耳其舰队开向罗得岛了：

　　　　　安哲罗大人派我到公爵府

　　　　　来报告。　　　　　　　　　　　　　　　水兵下

公爵　　对这个情况变化，大家有什么看法？

元老甲　这是不合理的行动，

　　　　　可能只是表面上的假动作，

　　　　　想让我们作出错误的判断。

　　　　　其实稍微考虑一下，

　　　　　塞浦路斯对土耳其

　　　　　的重要性远在罗得岛之上，

　　　　　防卫能力却远不如罗得岛。

　　　　　只要考虑到了这点，

就很容易想到土耳其人

不会这样不懂策略，

先打强的对手，

后攻弱的，避轻

就重，这不是要冒

劳而无功的危险吗？

公爵　　不会的，可以肯定他们不会去打罗得岛。

警吏　　又有消息来了。

一信差上

信差　　诸位大人，土耳其帝国

开往罗得岛的舰队在途中

和后卫兵船会合了。

元老甲　果然不出所料。你估计有多少条船？

信差　　大约有三十条。现在舰队

调转船头航行，显然

是要开向塞浦路斯。

忠诚勇敢的蒙太诺大人

因为职责所在，特此禀报，

敬请各位大人明察。　　　　　　　　　　　　　　　　信差下

公爵　　肯定是去塞浦路斯。

玛克斯·吕西科斯不在城里吗？

元老甲　他现在佛罗伦萨。

公爵　　赶快写信给他，十万火急送去！

元老甲　布拉班修和勇敢的摩尔人来了。

布拉班修、奥瑟罗、卡西奥、伊阿戈、罗德里戈及众警吏上

公爵　　勇敢的奥瑟罗，我们必须立刻派你

去对付我们的公敌土耳其人。——

（对布拉班修）我没有看见你，高贵的元老，欢迎欢迎，

我们今夜正需要听你的高见，还需要你的大力支持呢。

布拉班修　我也正需要您的支持。尊贵的殿下，请原谅我，

使我半夜从床上惊醒的，既不是

我职位的需要，也不是国事的紧迫，

而是我个人的不幸。我个人的痛苦

像冲决了堤防的洪水，

淹没了、吞噬了其他悲哀，

使其他痛苦都相形减色了。

公爵　怎么？出了什么事了？

布拉班修　我的女儿！唉！我的女儿！

众元老　死了？

布拉班修　唉，对我等于死了。

她被人用歪门邪道的魔法妖术偷走，

受到糟蹋蹂躏。她天性善良，

既不盲目，也会分辨是非，

如果不用妖术魔法，怎么可能

犯下这种不可饶恕的罪过呢！

公爵　谁用不正当手段

拐骗了你的女儿，把她从你

身边夺走？你可以按照无情的

国法处置，即使是我的

儿子犯了这等罪行也

不能够宽恕。

布拉班修　敬谢殿下恩德浩荡。

犯下这惊人大罪的凶犯就在眼前，就是这个摩尔人。

但从刚才发生的事情看来，您是为了特别紧急的国事

才要他来的。

众人　　这太糟糕，太令人遗憾了！

公爵　　（对奥瑟罗）你对这件事怎么解释？

布拉班修　没有什么可解释的，事实就是如此。

奥瑟罗　　诸位德高望重的大人，

我崇敬无比的主子，

我带走了这位元老的女儿，

这是真的；真的，我和她结了婚，说到底，

这就是我最大的罪状，再也没有什么罪名

可以加到我头上了。我虽然

说话粗鲁，不会花言巧语，

但是七年来我用尽了双臂之力，

直到九个月前，我一直

都在战场上拼死拼活，

所以对于这个世界，我只知道

冲锋向前，不敢退缩落后，

也不会用漂亮的字眼来掩饰

不漂亮的行为。不过，如果诸位愿意耐心听听，

我也可以把我没有化装掩盖的全部过程，

一五一十地摆到诸位面前，接受批判：

我绝没有用过什么迷魂汤药、魔法妖术，

还有什么歪门邪道——反正我得到他的女儿，

全用不着这一套。

布拉班修　一个从来不敢胆大妄为的少女，

还没动心就先脸红了，

怎么可能违反自然，超越自己的年龄，

背弃国家，不顾声誉，忘了一切，

去爱上一个她看到都会害怕的人呢？
这是一个说不通的道理，除非你认为
完美无缺也是有缺点的，这不是
违反一切自然规律吗？所以
不得不到阴暗的地狱里去
想方设法了。我敢再一次保证，
他一定是用了什么能迷情乱性的药物，
或是麻醉血液的药水，才能达到
这个目的。

公爵　　你的保证不能算是证明。
没有什么令人信服的显明证据，
只有貌似合理的猜测之词，
怎么能定罪呢？

元老甲　不过，奥瑟罗，说吧！
你有没有用拐弯抹角的方法，或是用直截了当的
暴力，来征服或毒害这个少女的心灵？
或者只是通过感情交流而赢得
她的真情实意呢？

奥瑟罗　我请你们派人
去马神旅馆把这位元老的女儿请来，
让她在她父亲面前谈谈她对我的看法。
如果你们从她的话里听到我有什么
弄虚作假的行为，你们可以撤销
对我的信任，剥夺授予我的职位，
甚至结束我的生命。

公爵　　去把苔丝梦娜带来。

奥瑟罗　旗官，你带他们去吧，你知道在什么地方。——

伊阿戈及众侍从下

在她来到之前，我要像对天
坦白我犯下的罪行一样，
老老实实向你们说明
我是如何和我的美人互吐衷肠，
我又如何赢得她的芳心。

公爵　　说吧，奥瑟罗。

奥瑟罗　蒙她的父亲看得起，我常常应邀到她家去。
他们问我一生经历过什么事，
一年又一年，打过多少仗，攻过多少城，
碰到过什么好运气。
于是我就从童年时代讲起，
一直讲到他们听的时候为止。
我谈到最惊险的时刻，
谈到在海上和陆上最动人的事件，
一发千钧、死里逃生的关头，
被凶狠的敌人俘虏、
贩卖为奴、又得赎身逃脱的险境，
还有我漂泊流浪的生涯，
入过深邃无底的山洞、荒凉无人的沙漠，
爬过悬崖削壁、高耸入云的山峰；
如此这般，我一一道来。
我又谈到见过吃人的
生番，瞧过头低于肩的
畸形人。这些故事
苔丝梦娜都听得非常认真，
有时家务事让她无法分身，

她就急急忙忙干完，
又赶回来贪婪地吞噬着我的
一字一句。我把这些瞧在眼里，
找了一个恰当的时候，引得她
说出自己的心愿：她诚心诚意
要我从头到尾全面地再讲一遍，
因为以前听我讲的只是一鳞一爪，
又不能全神贯注。我答应了她的要求，
当我谈到幼年时代遭遇到的
不幸打击，还赢得了她不少
眼泪。等我讲完了我的故事，
她给我的酬谢是温柔的抚慰。
她发誓说，我的经历"真是出人意外，非常意外，
令人同情，非常同情"！她真希望没有发生过
这些事情，但如果发生了，她又希望上天为她
造出这样一个百折不挠的男子来。她还对我表示感谢，
并且对我说，如果我有一个朋友爱上了她，
只要我告诉他如何讲我的故事，
就可以赢得她的感情。一听到这个暗示，我对她说，
我知道她爱上了一个经历过千难万险的男人，
而我爱她却是因为她对一个历经磨难者的深刻同情。
这就是我所用过的魔法邪术，
啊！我的心上人来了。请你们听她作的见证吧。

苔丝梦娜、伊阿戈及众侍从上

公爵　　我看这个故事也会赢得我女儿的感情。
好布拉班修，
要把糟事变成好事。

残缺的武器总比赤手空拳

好得多。

布拉班修　请听我的女儿怎么说吧。

如果她承认这种不合规矩的事也有

她的一份，那时我还责怪这个摩尔人，

老天也不会答应！——（对苔丝梦娜）来吧，我听话的女儿，

你看在这么多高贵的人物当中，

你最听谁的话呀？

苔丝梦娜　我高贵的父亲，

义务使我难以分身。

我知道是您给了我生命和教育，

所以我应该报答您的大恩大德。

您对我尽了父亲之责，我对您也应该

尽到女儿的责任。但是这里还有我的丈夫，

我母亲的榜样告诉我：她更听命于

她的丈夫，而不是听命于她的父亲。

所以我也只能选择

我的丈夫摩尔人了。

布拉班修　上帝祝福你！我的事已经完了。

请殿下谈国事吧。早知如此，

生儿育女还不如收养子女呢。

过来，摩尔人：

我把我全心全意不愿意

给你的人交给你，因为她已经是

你的人了。——（对苔丝梦娜）为了你的缘故，我的宝贝，

我从心底高兴没有再生第二个女儿。

否则，你的私奔会使我对她加倍粗暴，

我会给她戴上手铐脚镣的。——（对公爵）我说完了，主公。

公爵　　　让我来代你说几句金玉良言，

好帮助这一对情人更上一层楼：

既然悲痛已经到了绝顶，

接着来的只有希望欢欣。

为过去的痛苦悲叹哀吟，

那只会更增加新的不幸。

如果是命运夺走的东西，

只有忍耐能够化险为夷。

被盗者微笑等于贼被偷，

痛苦伤身体是偷了自己。

布拉班修　让土耳其人去占领塞岛，

我们一笑，等于没有丢掉。

判决要觉得轻！如果更重，

难道你不觉得更加悲痛？

要忍受判决又忍受痛苦，

那要借忍耐来减轻担负。

这些金玉良言又苦又甜，

模棱两可总有好坏两面。

空话总是空话，不能相信，

挖耳朵怎么能医治伤心？

对不起，请殿下谈国事吧！

公爵　　　土耳其人准备大力进攻塞浦路斯。奥瑟罗，你对塞岛的防卫
情况了解得最清楚。虽然我们在岛上有一位公认合格的代理
总督，但是力量很大的舆论要求你去镇守，可以使该岛的安
全更有保障：所以我们不得不打扰你的新婚之喜，请你挑起
这艰巨的出征重任了。

奥瑟罗	诸位尊敬的元老，经年征战 已经使我觉得硝烟弥漫的战场 胜过我温柔的鸭绒软床。我承认 对艰难困苦有天生的切望， 所以我会心甘情愿地投入 和土耳其人的艰苦斗争。 我只谦卑地向殿下请求， 希望对我的妻子给予 适当的照顾，给予适合 她居住的地方和符合她 身份的生活环境。
公爵	那么，住她父亲家里如何？
布拉班修	对不起，我不欢迎。
奥瑟罗	我也并不乐意。
苔丝梦娜	我并不想住老地方， 免得我父亲看不顺眼。 最仁慈的公爵，希望能够倾听我 内心发出的呼声，不至亵渎您的听闻， 希望我能得到您的特许， 满足我简单的心愿。
公爵	你有什么心愿，苔丝梦娜？
苔丝梦娜	反常的命运风暴已经向世界宣布了： 我爱这个摩尔人，愿意和他 生活在一起。我的心已经 完全为我夫君的品质征服了。 我在他的心灵中看出了他的真面目， 我的灵魂和命运已经为他

　　　　　　光辉而英勇的才华所倾倒。
　　　　　　因此，诸位尊敬的大人，如果他去作战，
　　　　　　而我却像微不足道的灯蛾一样留在平安的
　　　　　　后方，那就剥夺了我爱他所得到的特权，
　　　　　　叫我如何能忍受别后孤单的
　　　　　　日子？让我和他一同去前方吧！

奥瑟罗　　让她得到你们的同意吧！
　　　　　　老天可以作证，我并不是
　　　　　　贪图食色的享受，
　　　　　　也不为顺从炽烈的情欲——
　　　　　　我青春的火焰早已熄灭——
　　　　　　我只是想尽可能地满足她心灵的要求：
　　　　　　老天在上，你们可以放心，
　　　　　　不要以为她和我在一起会耽误了
　　　　　　军机大事。不会的，如果我
　　　　　　让爱神用轻便的羽箭
　　　　　　蒙蔽我明亮的眼睛，
　　　　　　让寻欢做爱妨碍我的公事，
　　　　　　那就叫厨娘把我的头盔
　　　　　　当作锅子，把污油浊水
　　　　　　都倾倒在我头上！

公爵　　　她去不去，你们私下
　　　　　　决定吧。不过事情紧急，
　　　　　　得要赶快决定。

一元老　　你们要走，今晚就得动身。

奥瑟罗　　我将乐于从命。

公爵　　　明天早上九点，我们还要在这里开会。

奥瑟罗，你留下一个联络官来，

可以向你传达任务，

以及其他有关的

重大事项。

奥瑟罗 请殿下把这个任务交给我的旗官，

他是个我信得过的好人；

我还要把我的妻子交托给他。

殿下有什么吩咐，都可以

要他转达。

公爵 那就这样办吧。

再见，各位。——（对布拉班修）高贵的元老，

善也是美，你的黑女婿

英勇善战，也很美呀！

一元老 再见，勇敢的摩尔人。你要好好照看苔丝梦娜。

布拉班修 要把她看紧了，摩尔人，

她欺骗过她的父亲，小心也会欺骗你呀！

公爵、众元老及警吏下

奥瑟罗 我用性命担保她的忠实！忠实的伊阿戈，

我不得不把我的苔丝梦娜交给你了，

请你让你妻子好好照顾她，

并且在最方便的时候护送她们来吧。

过来，苔丝梦娜，我只有一个小时

可以谈情说事了。要处理事务，

不得不抓紧时间哪。

奥瑟罗与苔丝梦娜下

罗德里戈 伊阿戈——

伊阿戈 你要说什么，高贵的朋友？

罗德里戈 你看我该怎么办？

伊阿戈 怎么办？上床睡觉呗。

罗德里戈 那我还不如跳水淹死呢。

伊阿戈 你死了，我怎么帮你呢，傻瓜？

罗德里戈 活受折磨才是傻瓜。假如死神是个医生，那死不是很好的药方吗？

伊阿戈 啊，坏蛋！我看世界看了四七二十八年，自从我能分清利害的时候起，我还没有见到过一个真会爱惜自己的人。假如为了得不到一只喜欢的野鸡而去跳水寻死，那人还不如猴子哩。

罗德里戈 叫我怎么办呢？我承认这样单相思很傻，但我生性不会弥补这点。

伊阿戈 生性？去你的吧！我们自己要怎样，就会成为怎么样的人。我们的身体就是我们的园子，园里可以种荨麻、莴苣、神香草或百里香，只种一样或多种多样，或者懒得动手就让它荒芜，或者殷勤施肥就使它茂盛。好坏完全看我们自己。我们的生命是一把天平，一边是理智，一边是情欲。如果理智不能压倒情欲，我们的血肉之躯就会驱使我们颠倒是非。如果理智能镇住激动的肉欲刺激，压制不受拘束的胡思乱想，我们就会放松欲念，你说的爱情不过是欲念的分枝或萌芽而已。

罗德里戈 不可能是那样。

伊阿戈 爱情只是血肉的冲动，意志的松懈。做个男子汉吧！说什么跳水淹死！淹死那些瞎猫瞎狗吧！我答应做你的朋友，我承认你已经值得和我用一根不会切断的绳子紧紧联系在一起了。我现在帮你比任何时机都好。把你的钱袋装满，跟我们去前线，装上一脸假胡子，好遮住你的面孔。我说，装满你的钱袋！苔丝梦娜对摩尔人的爱不可能长久。装满你的钱袋！摩尔人对她的爱也是一样，她开始只是突然激烈的冲动，最后你会看到同样突然的分手。把钱装满钱袋！摩尔人是反复无

常的。把钱袋装满吧！他今天喜欢的美味明天就会变成酸苹
果。苔丝梦娜也会改变，会换上一个年轻人。当她肉体上得
到满足之后，就会发现选错人了。所以把钱装满钱袋！如
果活得不耐烦，也要找个比跳水更好的死法。尽量多赚点钱
吧！我就不信能下地狱的诡计拆散不了一个浪荡的莽汉和一
个自作多情的威尼斯少女；拆散之后，你就可以享受她了。
赶快赚钱去吧！不要寻死寻活！那不是你该走的路；抱着情
人双双吊死也比没有尝到甜头就跳入苦水好得多吧。

罗德里戈 我听你的，你能帮我帮到底吗？

伊阿戈 放心吧。去搞钱来！我跟你讲过几次，现在再讲一遍。我对
这个摩尔人的恨是根深蒂固的，你的恨也同样有理，我们就
联合起来对付他吧。如果你能给他戴上一顶绿帽子，那对你
是一种乐趣，对我也是一种游戏。许多事情都孕育在时间的
母胎之中，迟早总是要生产出来的。向前走吧，准备好你的
钱！我们明天再谈。再见。

罗德里戈 明天早上在哪里见面？

伊阿戈 在我住的地方。

罗德里戈 我会准时来的。

伊阿戈 （罗德里戈一边离开）去吧，再见。听清楚了没有，罗德里戈？

罗德里戈 我这就去变卖全部田产。　　　　　　　　　　　　　下

伊阿戈 这样我就可以把傻瓜当钱包使用了。
要不是为了寻开心、占便宜，花时间在
这样一个傻瓜身上不是太划不来，白费了
我的聪明肚肠？我恨这个摩尔人。
外边传说他还在我女人床上
乱搞关系呢，不知是真是假；
在我看来，即使只是有嫌疑，

也要当作真事。他对我倒不错，
那我就更容易在他身上下手，达到我的目的了。
卡西奥是个用得着的美男子。让我想想看：
得到他的位置，又成全我的美梦，需要个
一举两得的妙计。怎么办？怎么办？等我想想看。
过些时候，在奥瑟罗耳边吹吹风，
说卡西奥和他的妻子太亲密了，
他的外表和风度都很容易引起
怀疑，是天生来让女人落网的。
摩尔人很老实，看人外表忠厚
就会相信别人当真老实，
很容易被人牵着鼻子走，
像条驴子一样。
有了：我要在光天化日下显露
黑夜和地狱的真实面目。　　　　　　　　　下

第 二 幕

第一场 / 第四景

塞浦路斯—港口

蒙太诺与两绅士上

蒙太诺 从这个海角看得见海上有什么动静吗?

绅士甲 什么也看不见,只见一片风急浪高的
汪洋大海。在海天之间看不见
一片帆影。

蒙太诺 我看陆地上的风声也太闹热了。
从来没有这样的狂风暴雨震撼过我们的城墙。
如果风暴在海上也这样咆哮,
那再牢固的橡木船也吃不消这大山压顶的
海浪呀! 这样的海上能有什么情况呢?

绅士乙 土耳其舰队大约给风暴打得丧魂失魄了。
只要站在白浪滔天的海岸上一望,
就可以看见汹涌的波涛仿佛要涌上
铺天的层云,狂风吹得海浪高耸犹如
竖立的白色马鬃,要扑灭烈火熊熊的
大熊星座,动摇稳如大山的北斗卫星。
我从来没有见过这样
翻天倒海的景象。

蒙太诺 如果土耳其舰队没有在港湾里
躲避风暴,那就难免不在海上覆没,

很难苟延残喘了。

绅士丙上

绅士丙 有好消息,大家请听!战争已经结束了。
这次狂风暴雨给了土耳其人砰然一击,
挫败了他们的图谋。威尼斯来了一艘大船,
看见土耳其舰队给风暴打击得
七零八落的惨状。

蒙太诺 怎么!是真的吗?

绅士丙 大船已经进港了,是一条维罗纳
造的兵船。船上的主将迈柯·卡西奥
是英勇善战的摩尔将军奥瑟罗的副手,
他已经上岸了。摩尔将军还在海上,
他是得到委任来塞浦路斯的全权代表。

蒙太诺 我太高兴了,他一定不愧为塞浦路斯的总督。

绅士丙 不过那一位卡西奥谈到土耳其的损失时
虽然满心欢喜,但在他希望摩尔将军能够
安然脱险时,脸上却露出了愁容,
因为他们是在惊涛骇浪中分手的。

蒙太诺 求老天爷保佑他吧。
我当过他的部下,他指挥作战,
真是一个十足的军人。我们到海边去吧,
嗨!看看进港的大船,
还要遥望海上的英雄奥瑟罗,
哪怕一直看到朦胧的海天一色,
也是高兴的哟。

绅士丙 来吧,
因为每一分钟都盼得到

新人新事呀。

卡西奥上

卡西奥 谢谢你们，保卫这座英雄岛屿的勇士们，
你们高度赞美了我们的摩尔将军。啊！希望上天
保佑他能战胜这次狂风暴雨，
我们是在惊涛骇浪中失散的。

蒙太诺 他的船坚固吗？

卡西奥 他的船倒不怕风吹浪打，船长
又是一个久经考验的老手，
所以我们估计不会有灭顶之灾，
这大约不是过高的估计。

呼喊声 （幕内）一条船，一条船，一条船！

卡西奥 喊什么？

绅士 全城人都拥到海边
崖顶上，嚷着看一条船。

卡西奥 希望可以变成想象，我想象新来的是总督。（听到一声炮响）

绅士 他们放礼炮了，
来的至少是友好的船只。

卡西奥 请去看看好吗？
看了再告诉我们来的是谁。

绅士 好的。   下

蒙太诺 请问副将，你知道将军娶了妻子吗？

卡西奥 他的运气好得无以复加，
他娶了一个生花妙笔也形容不出的美人，
她的天生丽质需要诗人
刻骨镂心去创造合体的语言
才能显示一二。

绅士上

　　　　　　怎么样？船上来的是谁？

绅士　　　　来的是伊阿戈，将军的旗官。

卡西奥　　　他倒是运气好，走得快。

　　　　　　狂风暴雨，浪高如山，

　　　　　　嶙峋的岩石，堆积的沙坝，

　　　　　　潜藏水里的暗礁，只会摧残无辜的船只，

　　　　　　这个时候仿佛也知道怜香惜玉，改变了

　　　　　　残害生命的习性，放过了

　　　　　　天仙般的苔丝梦娜。

蒙太诺　　你说谁呀？

卡西奥　　　就是我刚才谈到的，我们将军帐内的将军，

　　　　　　刚由伊阿戈护送来的、

　　　　　　但比预期早到了七天的

　　　　　　将军夫人。伟大的天神，保佑奥瑟罗吧，

　　　　　　吹口气鼓动他的船帆，

　　　　　　把他的船送进港口，

　　　　　　让他的爱情在苔丝梦娜的怀抱里喘口气，

　　　　　　让他的火炬重新点燃我们快要熄灭的精神之火吧——

苔丝梦娜、伊阿戈、罗德里戈、艾米莉娅及众侍从上

　　　　　　瞧啊，

　　　　　　船上的贵人上岸了！（跪地）

　　　　　　塞浦路斯人，用你们的双膝表示欢迎吧！——

　　　　　　欢迎，夫人！愿上天的

　　　　　　祝福洒满你的

　　　　　　前后左右！（起身）

苔丝梦娜　谢谢你，英勇的卡西奥，

	我的夫君有什么消息吗？
卡西奥	他还没有到，我只知道 他没有出事，不久就要来了。
苔丝梦娜	但我担心。你们怎么分散的？
卡西奥	白浪滔天，哪里看得见人？—— 不过，听呀！来了船了。
呼喊声	（幕内）一条船，一条船！（听到一声炮响）
绅士	来的船放礼炮了， 这也是友好的船只。
卡西奥	你去看看有什么消息！　　　　　　　　　　绅士下 我的好旗官，欢迎你来了。——欢迎，大嫂。—— 好伊阿戈，你不会见怪吧？ 按规矩，我总得 给大嫂一个见面礼呀。（亲吻艾米莉娅）
伊阿戈	老兄，希望你说的是嘴唇， 不是舌头。她的舌头骂起人来， 你可吃不消呢！
苔丝梦娜	她平常并不开口呀。
伊阿戈	说实话，她的口舌太多了， 我要睡觉她还喋喋不休。 不过，在夫人面前，我得承认， 她的舌头藏到心里去了， 不过思想上还在骂人呢。
艾米莉娅	你没有理由这样冤枉我。
伊阿戈	得了，得了。你们出了门像不说话的图画，进了客厅就像不断的铃声，在厨房里像跳上跳下的野猫，忍气吞声像是圣徒，得罪了你却像魔鬼，做家务事马马虎虎，在床上却像在干

家务。

苔丝梦娜　狗嘴里吐不出象牙！

伊阿戈　我说的有真凭实据，不是土耳其的嘴巴。

　　　　　你们白天只是玩耍，上了床却打情俏骂。

艾米莉娅　用不着你来夸我。

伊阿戈　我也不敢。

苔丝梦娜　如果我要你夸呢？你有什么好话要说？

伊阿戈　噢，好心的夫人，不要逼我吐出象牙，

　　　　　我只有一张狗嘴巴。

苔丝梦娜　试试看吧。有人到港口去了？

伊阿戈　是的，夫人。

苔丝梦娜　我心里不快活，但又不能外露，

　　　　　只好强作欢笑了。

　　　　　来，我要听听你会怎样夸人。

伊阿戈　我正在搜索枯肠，愁思苦想，

　　　　　但是我的思想给枯肠粘住了，

　　　　　吐不出丝来，只好连汤带水，

　　　　　挤出两句小诗来了：

　　　　　漂亮和聪明表现在一举一动；

　　　　　漂亮给别人看，聪明归自己用。

苔丝梦娜　夸得很妙！假如是个脸黑的才女呢？

伊阿戈　假如她聪明但不漂亮，

　　　　　找个小白脸配对成双。

苔丝梦娜　越说越不对了。

艾米莉娅　假如是漂亮而愚蠢呢？

伊阿戈　漂亮女人不会愚蠢，

　　　　　再笨也会生儿养孙。

苔丝梦娜	这是茶余酒后说得傻瓜开心的话。假如又丑又笨,你能夸什么好话呢?
伊阿戈	又丑又笨的女人演起床上戏来, 和聪明漂亮的女人一样精彩。
苔丝梦娜	太不成话了!怎么能够颠倒日夜,混淆黑白呢?如果是一个众口称赞的女人,连最挑剔的人对她也无瑕可击,那你又如何夸她呢?
伊阿戈	眉清目秀,但是绝不骄傲, 伶牙俐齿,有理却不声高。 虽然有钱,从不穿金戴银, 也不要求,万事如意称心。 即使生气,并不打算报复; 让人误解,甘心忍受委屈。 从不软弱,但能明辨是非; 不会颠倒阴阳,不分头尾。 思想清晰,从不泄露心窍; 有人追求,绝不回头一笑。 如果有这样的女人,那就可以——
苔丝梦娜	可以怎样?
伊阿戈	可以给小傻瓜喂奶,给啤酒店记账。
苔丝梦娜	啊!这是最站不住脚的歪话!不要听他胡说,艾米莉娅,虽然他是你的丈夫。卡西奥,你怎么说?这是不是歪门邪道,信口开河?
卡西奥	他说话直截了当,夫人:你听到的是军人的粗话,不是文人的语言。(拉着苔丝梦娜的手,两人一旁交谈)
伊阿戈	(旁白)他拉起她的手来了。对,说得好,低声密语吧。张开蜘蛛的小网,我就要捉到卡西奥这只大苍蝇了。对,朝她微

笑吧。笑呀！你想讨好，我会让笑变成镣铐。你说得对，就是这样，的确。如果这一套会害得你丢掉你副将的职位，我奉劝你还是不要这样吻你的三个指头好，你干吗老是来绅士这一套呢？很好，吻吧，真有礼貌！就是这样，的确。又把手指放到嘴唇上了。你这是在灌肠吗？——（幕内号声）摩尔人来了！我听见他的号角。

卡西奥 你说对了。

苔丝梦娜 我们快去迎接他吧。

卡西奥 瞧！他不是来了吗？

奥瑟罗及众侍从上

奥瑟罗 啊！我勇敢的美人！

苔丝梦娜 我亲爱的奥瑟罗！

奥瑟罗 看到你比我先到，真使我喜出望外，

你简直是从天而降，我的灵魂飞上了九重天。

如果每次风暴过后，都有这样晴朗的蓝天，

那就让狂风暴雨吹得死去活来吧！

让不怕颠簸的大船爬上如山的浪峰，

再从海上神山的峰顶冲入九层地狱的

无底洞！就算现在死去，

我也心甘情愿；

即使再来一次同样的幸福，

也不能使我更加

心满意足。

苔丝梦娜 虽然我们活过的日子一天比一天多，

但是上天给我们的欢乐和幸福

也不能比今天更丰富多彩！

奥瑟罗 感谢美妙无比的神力！

我已经心满意足得

无以复加了。（亲吻她）让我

吻吻这里，再吻吻这里。这是

两颗心发出的最不和谐的声音了。

伊阿戈　　（旁白）你们真是琴瑟和谐呀！

不过我这个老实人可要插入

不和谐的音符了。

奥瑟罗　　（对苔丝梦娜）我们回城堡去吧！——

朋友们，好消息！仗打完了，土耳其人全军覆没。

我熟悉的宝岛怎么样了？——

我甜蜜的人儿，你是塞浦路斯最受欢迎的人，

因为我赢得了他们的爱戴。啊，亲爱的，

我说话不知所云，已经沉醉

在自己的欢乐中了。好伊阿戈，我请你

去港口把我的箱子送去城堡，

并且把船长也带去。他是个

了不起的好水手，没有他不能渡过

惊涛骇浪，我对他非常佩服。——来吧，苔丝梦娜，

再说一遍，我们是小别重逢似新婚啰。

　　　　　　　奥瑟罗与苔丝梦娜率众侍从下。伊阿戈与罗德里戈留场

伊阿戈　　（对一正下场的侍从）你马上到港口来找我。——

（对罗德里戈）来吧，如果你有胆量的话——据说胆小的人在

恋爱中就会变得胆大——听我说，副将今晚在城堡守夜。首

先，我要告诉你：苔丝梦娜全心全意爱上了他。

罗德里戈　爱上了他？怎么！这不可能。

伊阿戈　　用手指掩住你的嘴巴，用心想一想。你注意到她是怎样爱上

摩尔人的吗？不过是因为他会吹牛，引起了她如醉如痴的幻

想而已。怎么能够因为一个人会耍嘴皮子就爱上了他呢？用你能明白是非的心想想吧。她的眼睛也需要营养。瞧着魔鬼的黑脸有什么乐趣呢？当肉体在床上得到了满足，失去了新鲜感之后，总要换换口味，才能点燃快要熄灭的情火，这就需要意气相投、年岁相近、风度潇洒、外貌漂亮的人，而这些都是摩尔人所缺少的条件。她温柔多情的内心能不觉得上当受骗，开始感到反胃，甚至厌恶摩尔人吗？她的天性会告诉她，并且迫使她去重新选择。那好，老兄，如果承认这点——这是显而易见、自然而然得出来的结论——那么，还有谁比卡西奥处在更走运的地位呢？他惯会花言巧语，毫无正直心肠，为了满足淫欲滥情装出一副斯斯文文、假仁假义的面孔。真是无人能比，无人能比。一个狡猾的机灵鬼，会削尖脑袋去钻空子，会无孔不入地占便宜。再说他还年轻英俊，勾引痴情的少女，能不得心应手吗？他简直是一条十足的色狼，而这个女人已经看中他了。

罗德里戈 我不相信她会上钩，她是个纯洁温柔的女人。

伊阿戈 她纯洁个屁！她喝的酒能够纯洁到不用葡萄吗？如果她纯洁，会爱上这个肮脏的摩尔人吗？纯洁温柔的香肠，难道她不吃硬的？你瞧见她摸他的手指，难道不是硬邦邦的吗？

罗德里戈 我看见的，握手不过是礼貌而已。

伊阿戈 握手就是手淫。食指不是手淫的先锋、淫乱的前奏吗？他们的嘴唇靠得这样近，呼吸都互相拥抱，结合在一起了。这是勾勾搭搭的念头，罗德里戈！这些变化多端而微妙的动作，紧接着来的就是得意忘形、肉体的合二为一了。呸！老兄，听我说的，我已经把你从威尼斯带到这里来了。今晚就来照我说的做，来盯梢吧！卡西奥不认识你。我就躲在离你不远的地方。你一定要找借口惹他生气，或者大声吵闹，或者破坏纪律，或者随便找什么借口。总而言之，见机行事吧！

罗德里戈　好的。

伊阿戈　老兄，他的脾气暴躁，容易发火，也许会动手打你。即使他
不动手，你也要惹他发火打人，这样我就可以煽动塞浦路斯
人起来闹事，使他这个副将有失身份，只好下台了事。这样
你若想成好事，路上就少了一块绊脚石，我也好再动手脚。
否则，我们怎能有什么希望呢？

罗德里戈　我会照你说的做，只要你能给我机会。

伊阿戈　这点我敢担保。等一会儿在城堡再见面吧。我现在得去港口
为摩尔人取东西了。再见。

罗德里戈　再见。　　　　　　　　　　　　　　　　　　　　　下

伊阿戈　卡西奥爱上了她，这一点我完全相信；
她也爱上了他，这也很有可能。
这个摩尔人——虽然他叫我受不了——
却是生性亲切高尚，始终如一的。
我相信，他是对苔丝梦娜温存体贴的
好丈夫。说到我，我也爱她，
并不完全是情欲——虽然这和
情欲犯下的罪过也差不多——
而大半是为了喂饱我报复的念头，
因为我怀疑这个好色的摩尔人
和我的老婆也有勾搭。这念头
就好像毒药攻心，啃食我的五肝六脏；
没有什么能摆平我起伏的心情，
除非他的老婆也成了我的。
如果做不到，至少我也要叫摩尔人
陷入妒忌的深渊，丧失他的

判断力。为了达到这个目的，
我要让这个威尼斯傻瓜冲在前头，
按照我的吩咐行事。这样一来，
我就可以抓住迈柯·卡西奥的把柄，
在摩尔人面前诽谤他一番——活该他倒霉！
我怕他和我老婆也有一手——
这样摩尔人就会感谢我，亲近我，奖励我，
我好把他当一头笨驴耍得团团转，
搅扰他的平静安宁，逼他
丧了神志。我的如意算盘显得模模糊糊，
诡计还没出台怎能清清楚楚？　　　　　　　　　下

第二场 / 第五景

塞浦路斯
奥瑟罗的传令官执一布告上

传令官 奉奥瑟罗将军之命，宣读告示如下：英勇善战的奥瑟罗将军
　　　　得到报告，土耳其舰队已经全军覆没。喜讯一到，人人无比
　　　　欢欣，立即热烈庆祝，载歌载舞，并点篝火，尽情欢畅。将
　　　　军同日庆祝新婚，因此宣布，自下午五时至晚十一时，大小
　　　　酒店餐厅一律开放，摆设酒宴，热烈庆祝塞浦路斯岛的胜利，
　　　　及奥瑟罗将军新婚之喜。　　　　　　　　　　　　　下

第三场 / 第六景

塞浦路斯（城堡）

奥瑟罗、苔丝梦娜、卡西奥及众侍从上

奥瑟罗　　好迈柯，请你注意警戒：
　　　　　　今夜虽然欢度节日，
　　　　　　还是不可放松警惕。

卡西奥　　伊阿戈已经奉命行事了，
　　　　　　不过我还是会亲自
　　　　　　巡视的。

奥瑟罗　　伊阿戈很可靠。
　　　　　　迈柯，再见！明天一早，
　　　　　　我要和你谈话。——

　　　　　　　　　　　　（对苔丝梦娜）来吧，我亲爱的，

　　　　　　婚礼已经开花，现在，
　　　　　　你我就要摘下果实了。——

　　　　　　晚安！　　　　　　　　奥瑟罗、苔丝梦娜及众侍从下

伊阿戈上

卡西奥　　欢迎，伊阿戈，我们要查夜了。

伊阿戈　　还不到时间，副将：还不到十点呢。我们的将军这么早就丢
　　　　　　下我们，同苔丝梦娜度他的风流之夜去了，我们也不能怪他，
　　　　　　因为他和她还没同入过温柔之乡呢，而她是天神见了也要丧
　　　　　　魂失魄的哟。

卡西奥　　她真是个高雅无比的美人。

伊阿戈　　我敢保证她的床上功夫也不在人之下。

卡西奥	的确，她娇嫩得几乎弱不禁风了。
伊阿戈	她的眼睛多么迷人，我看真是可以"一顾倾人城"了。
卡西奥	她的眼睛有吸引力，但是不会引人胡思乱想。
伊阿戈	她一说话，不是警告男人不要坠入情网吗？
卡西奥	的确是美得无以复加了。
伊阿戈	好，祝他们被窝里春暖花开！来，副将，我有一瓶好酒，外面还有两个喜欢喝酒的塞浦路斯好朋友，他们要为摩尔将军的喜事喝上一杯。
卡西奥	今夜不行，好伊阿戈，我喝了酒就会头昏脑涨。真希望能发明不醉人的酒来欢度节日。
伊阿戈	不要紧，都是花天酒地的好朋友，只喝一杯，我还可以代你喝一点呢。
卡西奥	我今夜只喝了一杯，而且是冲淡了酒力的，但是你瞧，我的脸已经变得连我自己都不认得了：这样弱不胜酒，真是倒霉！所以现在不敢勉为其难了。
伊阿戈	什么！你还是个男子汉大丈夫呢！今天是狂欢之夜，哪个不喝酒的人够得上朋友？
卡西奥	朋友在哪里？
伊阿戈	就在门口，请你去叫他们来，好吗？
卡西奥	好吧，虽然我并不大情愿。　　　　　　　　　　　　　下
伊阿戈	只要我能灌上他一杯酒， 加上他今夜已经喝了的那一杯， 他准会像千金小姐宠坏了的小狗那样，一碰 就要叫哮咬人。那个害单相思病的傻瓜罗德里戈， 为了苔丝梦娜今夜已经满满地 喝了几大杯，差不多醉得 丑态毕露了，他还要去惹是生非呢。

还有那三个昂首阔步不肯让人的塞浦路斯小伙子——

为了面子不惜撕破脸皮，

这就是塞浦路斯岛的好斗精神——

我已经一杯又一杯灌得他们酩酊大醉了，

他们也会闹事的。好了，在这一伙醉汉当中，

再加一个卡西奥，还怕不闹得

全岛天翻地覆？——瞧，他们来了。

卡西奥、蒙太诺与两绅士上，仆人执酒跟随

假如事不违愿，我的船就可以

顺风顺水，达到目的了。

卡西奥　老天在上，他们已经灌了我一大杯。

蒙太诺　说老实话，只是一小杯，还不到半斤呢。军人说话还不算数吗！

伊阿戈　喂，来酒！

（唱）

来上一杯响叮当，

再来一杯叮当响。

当兵要当好儿郎，

战争生活命不长。

有酒就要喝个光！

上酒呀，伙计！

卡西奥　老天在上，唱得真好听。

伊阿戈　我在英国学的，他们真会喝酒，人都喝成酒瓶了。什么丹麦人，什么德国人，什么大肚子荷兰人，全都比不上英国人——来，喝酒吧！

卡西奥　你的英国人喝酒真那么高明吗？

伊阿戈　怎么不？他们轻而易举就把丹麦人喝得醉倒在地，他们面不

改色就把德国人喝得满脸通红，他们不吭一声就喝得荷兰人呕吐一地。

卡西奥 为将军的健康喝一杯！

蒙太诺 好，副将，你喝多少我喝多少。

伊阿戈 啊，甜蜜的英国！

（唱）

斯蒂芬是好国王，

做条裤子一克朗。

他嫌贵了六便士，

居然责备成衣匠。

国王天下有民望，

裁缝不过手艺强。

铺张浪费会亡国，

不如还穿旧衣裳。

拿酒来，喂！

卡西奥 这支歌更有意思。

伊阿戈 要不要再唱一遍？

卡西奥 不要，我认为他犯不上责备干这一行的人。老天在上，有些人的灵魂会升天，有些人的不会。

伊阿戈 说得对，副将。

卡西奥 对我来说——升天，我不敢占将军的先，也不敢占大官的先——当然，我也想升天的。

伊阿戈 我也一样，副将。

卡西奥 唉，不过，对不起，你升天不能占我的先。副将总得比旗官先升呀。不谈这些闲话了，说正经事情吧。请上天原谅我们的罪过！诸位，我们值夜班去吧。不要以为我喝醉了，诸位，这里是我们的旗官，这是我的右手，这是我的左手。我现在

	没有喝醉，我还站得很稳，说话也很清楚。

两绅士 不错，好极了。

卡西奥 那么，很好，你们一定不要以为我喝醉了。 （下）

蒙太诺 到炮台去，诸位，让我们去值夜班！（欲走） （两绅士下？）

伊阿戈 （对蒙太诺）你看到刚才走的那一位，
要说当兵打仗，他可以跟着凯撒
发号施令。但是看看他的毛病，
那就抵消了他的优点，
他的短处比得上他的长处。我真为他惋惜，
就怕他辜负了奥瑟罗对他的信任，
万一他的毛病发作，
那全岛都得倒霉。

蒙太诺 他经常这样吗？

伊阿戈 喝酒是他的催眠曲，
没有酒做摇篮，他会瞪着眼睛看钟，
看上一个时辰也不睡觉。

蒙太诺 要让将军
知道这点才好。
也许他没看到，或者是他人太好，
看重了卡西奥好的表现，
忽略了他的毛病，是不是这样？

罗德里戈上

伊阿戈 （旁白。对罗德里戈）怎么样，罗德里戈？
帮帮忙，找副将去！ （罗德里戈下）

蒙太诺 可惜高贵的摩尔将军
把副手这样一个重要的位置
给了一个有毛病的人。

是不是应该让将军

知道呀？

伊阿戈 即使把塞浦路斯岛送我，也不该由我来开口。

我是卡西奥的好朋友，只愿多出一点力

帮他除掉这个毛病。——

（幕内呼喊）听！谁在喊叫？

卡西奥追着罗德里戈上

卡西奥 你这个坏蛋，你混账！

蒙太诺 什么事呀，副将？

卡西奥 这个坏蛋居然教训我应该做什么，

我要打得他头破血流。

罗德里戈 打我？

卡西奥 你还敢强辩，混账！（打罗德里戈）

蒙太诺 哎，好副将，（阻止他）

请你住手！

卡西奥 放开我的手，老兄！

否则，我要打到你头上了。

蒙太诺 你喝醉了！

卡西奥 你说我醉了？（两人相斗）

伊阿戈 （旁白。对罗德里戈）去吧，去喊叫吧，你就喊，出乱子了！——

罗德里戈下

不，好副将——唉，各位——

来人哪！——副将——蒙太诺大人——大人——

住手！——这也算是守夜吗！（警钟鸣）

谁敲起警钟来了？——真该死！嗨，

全城都要吵醒了。住手，住手，副将！

你要丢尽脸面了。

奥瑟罗及众侍从执武器上

奥瑟罗　　出了什么事？

蒙太诺　　我还在流血呢，伤重得要命！我要他死！（攻击卡西奥？）

奥瑟罗　　住手！否则，我要你们的命！

伊阿戈　　住手！喂，副将——蒙太诺大人——各位，
　　　　　　你们是怎么了？都忘了自己的身份地位？
　　　　　　住手！将军在和你们说话呢。住手，不要丢人！

奥瑟罗　　怎么，怎么搞的！为什么打起来了？
　　　　　　难道你们都变成了土耳其人，
　　　　　　动手打起自己人来了？这样像野蛮人
　　　　　　一样打闹，难道不怕丢了基督徒的脸！
　　　　　　谁再动刀动剑，就是不要命了，
　　　　　　我要他一动手就丢了命。——
　　　　　　叫警钟不要敲了，闹得全岛
　　　　　　人心惶惶。——到底出了什么事？
　　　　　　老实的伊阿戈，你好像也吓坏了，
　　　　　　告诉我谁开头闹事的。我相信你的话，说吧！

伊阿戈　　我也说不清楚。刚刚还是朋友，现在也是，
　　　　　　说话也好，行动也好，都像新郎新娘
　　　　　　进新房似的。忽然一下——
　　　　　　仿佛天上掉下了陨星，把人都吓慌了——
　　　　　　大家拔出刀来，劈面就砍，
　　　　　　砍得对方鲜血淋淋。我也说不出
　　　　　　是谁开的头，引起了这场无谓的争吵，
　　　　　　只恨上次在战场上没有丢掉两条腿，
　　　　　　居然让我亲眼目睹了这血肉拼搏的武斗！

奥瑟罗　　这是怎么搞的，迈柯，怎么你也忘乎所以了？

卡西奥　　请您原谅，我也说不出来。

奥瑟罗　　我敬重的蒙太诺，你是一个文明人，
　　　　　年轻时就既稳重又文静
　　　　　而出了名，谈到你的名字，
　　　　　高等人没有一个不称赞的。
　　　　　怎么你会破坏自己的名声，
　　　　　让大家说是一个酗酒闹事
　　　　　的人呢？你能给我作出解释吗？

蒙太诺　　尊敬的奥瑟罗，我已经受了重伤，
　　　　　你的旗官伊阿戈可以说明情况——
　　　　　免得我开口，我现在说话太费力气——
　　　　　说明我是怎样无故受辱的；其实我自己也莫名其妙，
　　　　　不知道自己今夜到底说错了什么话，做错了什么事。
　　　　　难道劝人自重，不要酗酒，这也算是错话？
　　　　　难道受到暴力攻击，保护自己
　　　　　也算错事？

奥瑟罗　　老天哪，
　　　　　我的血涌上来了，我不能保证我不发脾气——
　　　　　我清醒的头脑就要满天乌云——
　　　　　而脾气一上来，只要我动一动，
　　　　　或是抡起这条胳膊，最强硬的汉子
　　　　　也经不起我一击。告诉我这次胡闹
　　　　　是怎样开始的，谁闯的祸？
　　　　　这个罪魁祸首一经查出，
　　　　　即使他是我的双生兄弟，我也不能放过。
　　　　　这还得了！在一个刚刚经过战乱的城市，
　　　　　对战争的恐慌还在老百姓心中汹涌澎湃，

却为了私人的事情大吵大闹，

而且是在深更半夜，还在警戒区内？

这还了得！伊阿戈，是谁带头闹事的？

蒙太诺 （对伊阿戈）如果你有偏心，还想庇护你的同僚，

不能一五一十说出事实真相，

那你还能算个军人吗？

伊阿戈 不要这样考验我：

我宁愿嘴里割掉舌头，

也不愿说迈柯·卡西奥的坏话。

但是我想了想，说实话不能算

对他不起。将军，事实是这样的：

蒙太诺和我正在谈话，

忽然来了一个人大叫救命，

而卡西奥手里拿着剑紧紧追在后面，

好像决心要杀掉他似的。（指着蒙太诺）将军，这位大人

走上前来劝卡西奥不要动手，

我却去追那个跑掉的人，

怕他的喊叫会惊动全城——

结果的确如此——但是他跑得快，

我没有追上，就回过头来，

比刚才动作还快，因为我听见刀剑声，

还听见卡西奥高声咒骂。这样赌咒发誓，在今夜之前，

还从来没有出过我的口。等我回来一看——

虽然我离开的时间很短——发现他们两个

已经打起来了，就像

你把他们分开时那样。

这件事再多我也说不出来，

不过人总是有时难免会忘乎所以。

虽然卡西奥有点对不起蒙太诺大人，

但是人在气头上往往会错打对他们好的人；

我想卡西奥一定是听了

那个跑掉的人说了什么坏话，

就忍不住发作了。

奥瑟罗　我知道，伊阿戈，

你对卡西奥的交情把他的错误

说轻了几分。卡西奥，我赏识过你，

但是再也不能重用你了。

苔丝梦娜及众侍从上

瞧，连我亲爱的人儿也出来了。

我要把你当作典型处理。

苔丝梦娜　出了什么事啦，亲爱的？

奥瑟罗　没有事了，我亲爱的，

回去睡吧。——（对蒙太诺）大人，你受的伤，

我会为你医治的。——护送大人出去。

若干侍从护送蒙太诺下

伊阿戈，你去全城巡查一下，

尽力安抚受到骚扰的百姓。——

来吧，苔丝梦娜，军人的生活

得不到安宁，连美梦也会被杀声惊醒。

除伊阿戈与卡西奥外众人下

伊阿戈　怎么，你受伤了吗，副将？

卡西奥　我受的伤已经无可救药了。

伊阿戈　怎么会呢？老天也不会答应呀！

卡西奥　名誉，名誉，名誉！啊，我的名誉坏了！我丧失了生命中不

朽的一部分，只剩下行尸走肉了。我的名誉，伊阿戈，我的名誉！

伊阿戈 我是个老实人，本来还以为你身体受了伤呢！那倒比名誉受损更厉害。名誉是个空头衔，得到的人不见得有真本领，失掉也未必是无能。你的名誉不会受到损失，只是你自己觉得爽然若失而已。怎么？老兄，要恢复你在将军心目中的地位，办法可多着呢！他不过是在气头上说了你几句罢了——这从外表上看起来是一种处分，其实并不是要你永远不得翻身——简直可以说是打狗想要吓唬狮子。只要你去求求情，他就会原谅你了。

卡西奥 我宁愿让他看不起我，也不愿欺骗一个这样好的司令官，要他赦免一个这样微不足道、醉酒闹事、鲁莽冲动的手下。我喝醉了，还要胡言乱语，争吵闹事，自吹自擂，装腔作势，赌咒发誓，跟自己的影子说些好听的无聊话。啊！无影无踪的酒神，如果无人知道你的大名，就让我叫你作恶魔吧！

伊阿戈 你拿着剑追赶的那个家伙是什么人？他做了什么事得罪了你？

卡西奥 我也不知道。

伊阿戈 这怎么可能？

卡西奥 我的记性一塌糊涂，什么也记不清楚，只记得吵架了，吵什么呢？吵得舌头和嘴巴把脑子都偷走了！我们居然还高高兴兴，快快活活，欢天喜地，拍手顿脚，把自己都变成禽兽了！

伊阿戈 瞧！你现在不是很清醒了吗？你是怎么恢复过来的呢？

卡西奥 酒鬼碰到愤怒之神，自然甘拜下风。我一生气，酒鬼就给愤怒之神吓跑了，而我却更倒霉，成了两个魔鬼的俘虏。

伊阿戈 得了，你也不要太严于责己了。在目前的时间、地点、情况之下，我自然衷心希望这次争吵没有发生。但是事实上既然已经发生了，那就尽量设法弥补吧！

卡西奥　　我想请求他恢复我的职位，又怕他说我是醉鬼！即使我有九头鸟一样多的嘴巴，这一句话就把九张嘴都堵住了。我现在是一个清醒的人，但是一转眼就会变傻，马上就变成畜生了！啊！你说怪也不怪？一杯酒过了量，就会变质，酒仙就会变成酒鬼了。

伊阿戈　　得了，得了，好酒总是一个亲热的好朋友，只要不喝得过度就行。不要再怪罪酒了。我的好副将，你看我们够朋友吗？

卡西奥　　我早就把你当好朋友了，老兄。我没有喝醉吧？

伊阿戈　　你也好，任何人也好，只要是活人总会有喝醉的时候，老兄。我来告诉你怎么办吧。我们将军的夫人现在可以替将军做主。我敢这样说，因为他现在全心全意最关心的人就是她，他看到的只是她的风采丽质，听到的只是她的聪明才智。你可以去向夫人坦白承认你的错误，请求她帮你恢复原来的职位。她是这样仁慈宽怀，得天独厚，善解人意，又乐于助人，有求必应，甚至应多于求，否则她就会觉得于心不安。你和她夫君之间这一点破裂的关系如果请求她去弥补，我敢和任何人打赌，你们之间的感情一定会恢复得比原来还好。

卡西奥　　你的主意不错。

伊阿戈　　我敢说这是我对你的一片真心实意。

卡西奥　　我完全相信你，明天我会尽快去找好心的苔丝梦娜为我说情的。要是这条路走不通，我的前途就很渺茫了。

伊阿戈　　你现在的路走对了。再见，副将，我要巡夜去了。

卡西奥　　再见，老实可靠的伊阿戈。　　　　　　　　　卡西奥下

伊阿戈　　怎么能说我是个坏蛋呢？

　　　　　我出的主意看起来不是真心实意的吗？

　　　　　想起来也对，这不是赢得摩尔人

　　　　　回心转意最好的办法吗？只要是

正当的请求，好心的苔丝梦娜总会
一口答应：她天性善良，对任何人
都不忍拒绝。再由她去劝说，摩尔人一定
唯命是听——甚至可以使他放弃宗教信仰，
放弃灵魂得救的希望——
她的爱情已经锁住了他的心灵，
她可以随心所欲地要他做或不做什么事；
她的意愿成了他的上帝，
他已经无力反抗了。那么，我劝告卡西奥
去求苔丝梦娜不是对他大有好处吗？
怎能算是坏心眼呢？地狱里的神灵呀！
魔鬼做了见不得人的勾当，
也会像我现在这样披上正大光明的
外衣的。这个老实的傻瓜
去请苔丝梦娜挽救他的厄运，
但是当她去求摩尔人的时候，
我会把毒药灌进他的耳朵里去的，我会说
她为卡西奥开脱完全是为了她隐蔽的私情。
这样她越为他说好话，
摩尔人也就越不相信。
这样我就可以染黑她的清白，
把她的好心做成一个圈套，让他们
全都落入这个陷阱，不得翻身。——

罗德里戈上

怎么样，罗德里戈？

罗德里戈 我本来是想做只猎狗，结果没有打猎，只能跟在后面汪汪叫。
现在钱花得只剩一点，今夜还挨了一顿痛打，我想这就是花

钱买来的结果。既然钱花光了，人倒是聪明了一点，我还是
回威尼斯去吧。

伊阿戈　　没有耐性的人多可怜哪！
受了伤哪里能一下就好起来？
你要知道：成功靠的是有办法，不是变戏法；
而有办法的人要会等待时机。
你觉得不顺利吗？你挨了卡西奥的打，
受了一点伤，但是卡西奥打了你却丢了官。
太阳之下万物欣欣向荣，开花结果，但是有先有后，
卡西奥打得你皮肉开花，现在要吃苦果。
等待时机吧！不要不耐烦！哎哟，已经早上了，
寻欢作乐时间就会过得快。
去吧，回你的住处。
快去呀！有了结果，我会告诉你的。
不要多说了，去吧！　　　　　　　　　　　罗德里戈下
现在有两件事要做：
一是要我老婆为卡西奥对她的女主人
说几句好话；我来安排。
二呢，我自己要把摩尔人引开，
等卡西奥向他的夫人求情的时候，
再来看这一台好戏，
如意实现我的妙计。　　　　　　　　　　　　　　下

第三幕

第一场 / 第七景

塞浦路斯（总督府 / 城堡）

卡西奥、众乐师与丑角上

卡西奥 诸位乐师，演奏吧。我不会少给你们报酬的。
曲子要短，要祝"将军晨安！"（音乐起）

丑角 怎么了，诸位？你们的乐器怎么也像那不勒斯人一样带有鼻音呀？

乐师 怎么了，先生？怎么了？

丑角 请问，这些是管乐器吗？

乐师 不错，圣母在上，是呀。

丑角 怎么乐器还有尾巴[1]？

乐师 乐器还有味吧，先生？

丑角 圣母在上，先生，管乐器我也见得多了。不过，诸位，这是将军给你们的赏钱。（递过钱）他很喜欢你们的音乐，但是看在爱情的分上，请你们不要再演奏了。

乐师 那好，先生，我们不演奏就是了。

丑角 如果你们会奏听不见的音乐，那还是演奏吧！将军不大在乎听得见的音乐。

乐师 我们不会演奏无声的音乐，先生。

丑角 那就把你们的乐器打包吧，我要走了。你们也可以走了，最

---

1 尾巴：原文为 tail，意指"阳具"。下行乐师听成 tale。

	好走得像空气一样无影无踪！ 众乐师下
卡西奥	你听见没有，我老实的朋友？
丑角	我没有听见你老实的朋友，只听见你。
卡西奥	收起你的俏皮话吧！这里是赏给你的一个金币。（递过钱）如果将军夫人的伴娘起来了，请你告诉她说：有一个卡西奥要和她说一句话，请她帮一个忙，行吗？
丑角	伴娘已经上下动起来了，先生。如果她愿意动下身的话，我会告诉她一声的。 丑角下

伊阿戈上

卡西奥	伊阿戈，你来得正好。
伊阿戈	看样子你还没上过床吧？
卡西奥	当然没有。我们分手的时候， 天已经亮了。伊阿戈，我大胆 请嫂子对好心的苔丝梦娜 说一句话：问她能不能让我 和她见个面？
伊阿戈	我马上就去给你把她找来。 我要想个法子让摩尔人走开， 免得他妨碍你们谈话，使你们 觉得有拘束。 下
卡西奥	多谢你了。——我没有见过 一个更好的佛罗伦萨人。[1]

艾米莉娅上

艾米莉娅	早上好，亲爱的副将。你引起了将军的 不愉快，我觉得很可惜，不过一切都会好起来的。

---

1 卡西奥本人是佛罗伦萨人，他觉得伊阿戈更胜过自己的同乡。

将军和夫人也在谈这件事。

夫人尽力为你说好话，将军却说，

你打伤的那个人在塞浦路斯很有名望，

人缘关系也好，所以从全面来考虑，

只好不再重用你；不过他承认心里还是喜欢你的，

用不着别人来求情，他自己也会

作出弥补。

卡西奥　　不过，我求求你，

如果你觉得合适，或者值得试一试的话，

能不能找一个机会让我和苔丝梦娜

单独说几句话？

艾米莉娅　那就请进来吧，

我带你去一个可以自由自在

说说心里话的地方。

卡西奥　　那真是太感谢了。　　　　　　　　　　　　同下

第二场　　/　　景同前

奥瑟罗、伊阿戈及众绅士上

奥瑟罗　　伊阿戈，把这些信交给船长，（递过信）

请他代我送到元老院去。

我还要去检查防御工事，

你送了信就来那里找我。

伊阿戈　　是，将军，我会照办的。

奥瑟罗　　诸位先生，要不要去看看防御工事?

众绅士　　按照将军的意思办吧。　　　　　　　　众人下

第三场 / 景同前

苔丝梦娜、卡西奥与艾米莉娅上

苔丝梦娜　　请放心吧，好卡西奥，

　　　　　　　我会尽力帮你忙的。

艾米莉娅　　好心的夫人，帮帮他吧，我丈夫

　　　　　　　为这事难过得就像是他自己的事一样。

苔丝梦娜　　他是个大好人。不要怀疑，卡西奥，

　　　　　　　我会让我丈夫对你的感情

　　　　　　　和从前一样好。

卡西奥　　宽宏大量的夫人，

　　　　　　　无论迈柯·卡西奥将来做出了什么大事，

　　　　　　　都会永远感谢你的大恩大德。

苔丝梦娜　　我知道，谢谢你。你爱戴我的丈夫，

　　　　　　　你们相知已经很久了，其实你可以放心，

　　　　　　　他看起来似乎疏远了你，

　　　　　　　实际上那不过是表面文章而已。

卡西奥　　唉，不过，夫人，

　　　　　　　就怕表面文章做得太长，

或者听了什么掺了水分的话，

又或者产生意想不到、节外生枝的事，

而我人却不在将军身边，如果还有人代了我的职，

将军就会把我对他的感情、为他花费的勤劳，慢慢地淡忘了。

苔丝梦娜　不用担心，当着艾米莉娅的面，

我向你担保，你不会失掉你的职位。放心吧，

我答应了你，就会一直

做到底。我的丈夫如果不答应，我就会让他不得安息。

我会看住他，说得他失去了听的耐性。

上床也是上课，餐桌也会说教；

我会为了帮卡西奥打断他的

每一件事。所以高兴点吧，卡西奥，

帮你忙的人是不达目的

不会罢休的。

奥瑟罗与伊阿戈上

艾米莉娅　夫人，将军来了。

卡西奥　夫人，那我要告辞了。

苔丝梦娜　为什么不留下来听我说？

卡西奥　夫人，现在不行，我觉得

我在这儿反而碍事。

苔丝梦娜　那么，你就请便吧。　　　　　　　　　　　卡西奥下

伊阿戈　嘿！这成什么话！

奥瑟罗　你说什么？

伊阿戈　没什么，将军，也许——我也不明白。

奥瑟罗　刚才离开我妻子的不是卡西奥吗？

伊阿戈　卡西奥？将军，肯定不是。很难想象

他会偷偷地到这里来，好像犯了什么罪似的——

看见你来就要走了。

奥瑟罗　我想就是他。

苔丝梦娜　怎么了，夫君？

我正和一个求情的人谈话呢，

他怕得罪了你，诚惶诚恐地来求情了。

奥瑟罗　你说的是谁？

苔丝梦娜　怎么你不知道？你的副将卡西奥呀。我的好夫君，

如果我还有情分、有力量说服你，

那就请你原谅了他吧；

他是真心爱戴你的，

犯错误是不知道，不是耍手段，

一看他那老实的面孔，就知道他不会做坏事。

我求你让他回来吧。

奥瑟罗　他刚走？

苔丝梦娜　是，他很难过。

他的难过有感染力，连我也难过了。

我的好心人，让他回来吧！

奥瑟罗　现在不行，好心的苔丝梦娜，过些时候吧。

苔丝梦娜　但是要快。

奥瑟罗　为了你，亲爱的，哪能不快？

苔丝梦娜　那么，今天晚餐时怎么样？

奥瑟罗　今晚还不行。

苔丝梦娜　那就明天午餐时吧？

奥瑟罗　明天中午我不在家吃呀。

我要去城堡会见一些军官。

苔丝梦娜　那么明天晚上怎么样？星期二早上，

星期二中午或晚上，星期三早上也行；

　　　　　　　　我请你定个时间，但是不要
　　　　　　　　超过三天。说真的，他后悔了。
　　　　　　　　其实，他犯的错误，在我们普通人看来——
　　　　　　　　除非你说是在战时要树立榜样，对优秀人才
　　　　　　　　也要从严处理——他这甚至不算什么大错，
　　　　　　　　不该受到个人处罚。叫他什么时候过来？
　　　　　　　　告诉我，奥瑟罗，有没有什么事
　　　　　　　　你要我做，而我会拒绝，
　　　　　　　　或者心里嘀咕的？我想没有。关于迈柯·卡西奥，
　　　　　　　　你求婚时还是他同来的，多少次
　　　　　　　　我谈到你不讨人喜欢的地方，
　　　　　　　　他总是为你说好话，怎么你会
　　　　　　　　不要他回来？相信我，我还可以——

奥瑟罗　　　请你不要再说了。他要什么时候来，就让他来吧。
　　　　　　　　我不会拒绝你的任何要求。

苔丝梦娜　　这并不是要你帮我，
　　　　　　　　而是我要帮你，就像要你戴上手套，
　　　　　　　　吃点好菜，穿暖和的衣服，
　　　　　　　　或者要你做一件对你特别
　　　　　　　　有好处的事一样。这并不是
　　　　　　　　要考验你对我的感情，
　　　　　　　　并不需要特别费力，
　　　　　　　　也是不难办到的。

奥瑟罗　　　你要我做什么，我都不会拒绝。
　　　　　　　　不过现在，我请你答应我，
　　　　　　　　让我自己一个人考虑一下。

苔丝梦娜　　难道我会拒绝你吗？不会的，再见了，夫君。

奥瑟罗	再见，我的苔丝梦娜。我马上就来找你。
苔丝梦娜	艾米莉娅，来吧。——不管你
	想做什么，我都会听你的。　　　　　苔丝梦娜与艾米莉娅下
奥瑟罗	真可爱得要命！若是我不爱你，
	那除非是天翻地覆，世界
	走到尽头了。
伊阿戈	我崇敬的将军——
奥瑟罗	你有什么话要说，伊阿戈？
伊阿戈	你向夫人求婚的时候，迈柯·卡西奥
	知道你们的感情吗？
奥瑟罗	当然知道，从头到尾都知道。你为什么问这个问题？
伊阿戈	只是为了一个我想到的问题，
	没有别的意思。
奥瑟罗	你想到什么问题了，伊阿戈？
伊阿戈	我没有想到他以前认识夫人。
奥瑟罗	认识的，还时常在我们之间来往。
伊阿戈	真的？
奥瑟罗	真的？当然真的，你觉得有什么不对？
	难道他不老实吗？
伊阿戈	老实吗，将军？
奥瑟罗	老实，当然老实。
伊阿戈	将军，就我所知——
奥瑟罗	你以为怎样？
伊阿戈	以为，将军？
奥瑟罗	"以为，将军？"啊！你怎么老跟着我说，
	仿佛思想上有鬼，
	见不得人似的？你到底想要说什么？

我刚刚还听你说，你不喜欢卡西奥
离开我妻子时的样子。为什么不喜欢？
我告诉你，在我求婚期间，
他还出过主意，你又怀疑这是不是"真的"，
并且紧紧皱起眉头，
仿佛脑子里锁着什么
可怕的念头。如果你真对我好，
就告诉我你的想法吧!

伊阿戈 将军，你知道我爱戴你。

奥瑟罗 我相信的。
我知道你是有感情的老实人，
并且说起话来是字斟句酌的，所以你话
只说了一半，更使我吃惊。
因为一个坏蛋这样做
是包藏了祸心，而好人这样做，
却是有不便吐露的苦衷从心底
流露出来。

伊阿戈 关于迈柯·卡西奥，
我敢发誓说他是个好人。

奥瑟罗 我看也是。

伊阿戈 人应该看起来是怎么样，实际上也是怎么样；
那些实际上不怎么好的人，表面上看起来也不应该怎么好。

奥瑟罗 当然啰，人应该在表面上和实际上是一致的。

伊阿戈 所以我认为卡西奥是个好人。

奥瑟罗 不对，你的话还没有说完呢!
我请你老实告诉我你的想法，
怎么想就怎么说，不好的想法就用

不好的字眼。

伊阿戈　我的好将军，请你原谅我。

虽然我对你应尽各种义务，

但还是有不说出我思想的自由。

因为思想里难免有脏东西，

宫殿里不也有垃圾吗？

谁的心胸能纯洁得

没有丝毫杂念，

连在法庭里都

审查不出来呢？

奥瑟罗　如果你知道了你的朋友在上当受骗，

但却不让他的耳朵听到你的真实想法，

那不等于是在合伙欺骗你的朋友吗？

伊阿戈　我请求你相信，

虽然我有时也不怀好意地猜测别人的心理——

我承认，时常怕别人做坏事是我的

一个坏毛病，并且根据我自己的猜疑，

形成了不符合实际的错误判断——但是我希望

你可以运用你的智慧，不注意我这些

支离破碎的猜测，这些七拼八凑的靠不住的观察，

这样你就不至于作出错误的结论，

影响你的安宁，不但对你没有好处，

就是对我的人格、品德、才智，都没有补益，

所以我认为还是不让你知道我这些想法更好。

奥瑟罗　你这是什么意思？

伊阿戈　无论对于男人还是女人，我亲爱的将军，

好名声总是最接近心灵的珍宝。

谁偷走了我的钱包，偷的并不是我最宝贵的东西，它有用，
但并不是我的珍宝；钱包本来是我的，现在谁偷了就是谁的，
它对成千上万人都有用处。但是名声不同，
谁破坏了我的名声并不会发财，
但他却使我一贫如洗了。

奥瑟罗　　我要知道你的想法。

伊阿戈　　即使我的心放在你手上，你也不会知道我的想法，
你也不该知道，因为我是守口如瓶的。

奥瑟罗　　啊？

伊阿戈　　小心哪，将军，千万不要妒忌。
妒忌是戴有色眼镜的魔鬼，它在吃人之前，
先把人折磨得要死。戴绿帽子的人有福了，
因为他知道他的妻子不忠实，不会爱她。
但是那个溺爱妻子的丈夫要过多少倒霉的时刻呀！
他爱她，又怀疑，又猜想，却又还是爱得神魂颠倒！

奥瑟罗　　啊，真倒霉！

伊阿戈　　贫穷而能安贫知足，那就是富裕；
富人如不知足，有填不满的贪欲，
总怕自己变穷，那就会穷得像冬天一样了。
老天在上，保佑我们大家
都不要妒忌吧！

奥瑟罗　　为什么，为什么这样说？
你以为我会过妒忌的日子，
随着月亮的圆缺变化而
心情变化吗？不会，怀疑一次以后
就决定了。如果我把我的心灵
变得像你说的那样

疑神疑鬼，那不是人不如
畜生了吗？说我的妻子漂亮，
喜欢吃好穿好，爱好交际，说话随便，
喜欢唱歌跳舞，这并不会使我妒忌。
只要自己有品德，这些都是品德的表现。
即使我自己没有这些品德，
也不必担心妻子会背叛我，
因为她有眼光看中我。不对，伊阿戈，
我要先观察才会怀疑，一怀疑我就要找证据，
只要一证明了，那就连爱情和妒忌
都一刀两断。

伊阿戈　　听了你的话我很高兴，因为现在，
我就有理由用更坦诚的态度，来向你表白
我对你的忠心爱戴了。因此，既然我有义务，
那就听我说吧：我现在还没有充分证据，
但是请你仔细观察你的夫人和卡西奥在一起的时候。
你既不要过分严格，但也不要粗心大意，
觉得天下无事。我不希望你慷慨高贵的
天性受人利用；注意点。
我知道我们公国的风气，
在威尼斯，妇女的风流勾当是不瞒天地，
只瞒丈夫的，她们的良心不是
不干风流艳事，而是要干得没人知道。

奥瑟罗　　你真这样想吗？

伊阿戈　　她和你结婚的时候，欺骗了她的父亲，
她看到你的面孔似乎应该害怕得发抖，
但她却最爱你的面孔。

奥瑟罗　她是这样。

伊阿戈　那么，你想想看，

她这么年轻，就能这样巧妙地蒙蔽她的父亲，

就像用橡树叶子蒙住他的眼睛一样，使她父亲

误以为你用了什么妖术魔法。我这样说真是该死，

我请求你原谅我，这都是因为

我太爱戴你的缘故。

奥瑟罗　我会永远感谢你的。

伊阿戈　我恐怕有点得罪你了。

奥瑟罗　一点也不，一点也不。

伊阿戈　相信我，我怕已经得罪你了。

我希望你把我说的话当作

爱戴你的表现。但是我看得出你已经动感情了。

我请求你不要误解了我的话，

我谈的不是大问题，也不会有大影响，

不过是猜测之词而已。

奥瑟罗　我不会的。

伊阿戈　如果你太认真，将军，

我的话就会起

意外的作用了。卡西奥是我货真价实的朋友。

将军，我看你动感情了。

奥瑟罗　不，没有太动感情：

我不相信苔丝梦娜会是不清白的。

伊阿戈　但愿她永远清白，但愿你永远这样相信！

奥瑟罗　不过，本性也会迷失——

伊阿戈　问题就在这里，因为——我要大胆说一句——

多少和她同族同种、地位相等的人

向她求婚，都遭到了拒绝，

这就有点不太符合本性了——

这闻起来有点与众不同的味道，

有点离谱，想法不太自然。

但是，对不起，我并不是

专门谈她。虽然我也害怕

她会回心转意，把你和她

同种同族的人进行外观上的比较，

也许会后悔了。

奥瑟罗　　不要说了，走吧!

如果你还看到什么迹象，再来告诉我好了。

要你的老婆也多注意一点。现在，你走吧，伊阿戈。

伊阿戈　　将军，那我就告辞了。（欲走）

奥瑟罗　　我为什么要结婚呢？这个老实的家伙一定

看出了更多的情况，他知道的比说出来的要多得多吧。

伊阿戈　　（回转身）将军，我想请你不要再在

这件事上纠缠了，让时间来检验吧。

虽然卡西奥是适合职位的，

他很有能力尽他的职责，

但是，如果你让他闲一阵子，

那就可以观察他这个人和他用的方法了。

请你注意，如果夫人尽心尽力

恳求让他官复原职，

那就越发说明问题。同时，

最好认为我是过分担心了——

对于这样重要的事，我想担心不会过分的——

并且请求阁下尽量让夫人爱怎么说就怎么说吧。

奥瑟罗　不用怕我管不住我自己。

伊阿戈　那我就再一次告辞了。　　　　　　　　　下

奥瑟罗　这真是一个靠得住的老实人，

他对方方面面的人情世故，都了解得

一清二楚。如果我能证实她是

心在天外的野鹰，怎能把她拴在我的心上？

我要让她像一只打猎的鹰一样，要她去就去，

要她来就来。也许因为我面黑心粗，

不懂得像偷香窃玉的浪子一样

巧言令色，又也许因为我进入

生命的低谷——其实还没有——

她就离我而去，留下我受了屈辱，

遗恨难消。啊，我诅咒婚姻！

只得到这些迷人的肉体，

得不到她们的心灵！我宁愿

做井底的一只癞蛤蟆，

也不愿寄生在情人的衣角边，让其他人

享用她。比起贫贱的人来说，

富贵的人更容易倒这个霉：

就好像死生有命，这样的命运回避不了。

打我们一生下来，就注定了

要戴上绿帽子似的。瞧，她来了。

苔丝梦娜与艾米莉娅上

如果她会作假，那么上天也在弄虚作假了！

我不相信。

苔丝梦娜　怎么了？亲爱的奥瑟罗，

岛上的贵客都应邀来赴宴了，

就等你入席呢。

奥瑟罗　　对不起，我失礼了。

苔丝梦娜　你说话怎么这样没力气？
　　　　　是不是不舒服？

奥瑟罗　　我前额有点痛，就在这里。

苔丝梦娜　不要紧，那是眼睛张得太久，一会儿就会好的。
　　　　　（拿出她的手帕）让我给你扎住，不出一个小时
　　　　　就会好了。

奥瑟罗　　（推开手帕，手帕掉到地上）你的手帕太小，
　　　　　不要扎了。来，我们一同进去吧。　　　　　　　　下

苔丝梦娜　（跟随他）可惜你不舒服。

艾米莉娅　（拾起手帕）我很高兴捡到了这块手帕，
　　　　　这是摩尔人第一次给她的纪念品。
　　　　　我那个常出怪主意的丈夫总求了我一百遍，
　　　　　要我偷出这块手帕来，但是她太看重这件纪念品了——
　　　　　因为他叮嘱过要她珍惜——
　　　　　她总是带在身边，和它亲吻，
　　　　　还和它说话呢。我要把上面的花样描下来，
　　　　　再拿给伊阿戈。他要手帕干什么用？
　　　　　天晓得，我不晓得，
　　　　　只知道求他高兴罢了。

伊阿戈上

伊阿戈　　怎么了？你一个人在这里干什么？

艾米莉娅　不要怪我。我有一样东西要给你。

伊阿戈　　你有东西要给我？那一定是普通的东西——

艾米莉娅　你说什么？

伊阿戈　　我说，有一个傻老婆是件普通的事。

艾米莉娅　就这样普通？要是我给你的是一块
　　　　　　不普通的手帕呢？

伊阿戈　　什么手帕？

艾米莉娅　什么手帕？
　　　　　　就是摩尔人给苔丝梦娜的第一块，
　　　　　　你再三求我偷的那一块。

伊阿戈　　你从她身上偷来的？

艾米莉娅　不是，是她自己不小心掉在地上的，
　　　　　　我当时在场，就捡起来了。
　　　　　　这不就是？

伊阿戈　　好老婆，拿来给我。

艾米莉娅　你要它干吗？这样
　　　　　　再三要我做扒子手？

伊阿戈　　这和你有什么相干？（抢过来）

艾米莉娅　要是没有什么大用处，
　　　　　　那就还给我吧。可怜的夫人丢了它
　　　　　　可要急疯了。

伊阿戈　　不要告诉别人，我要它自有用处。
　　　　　　去吧！　　　　　　　　　　　　艾米莉娅下
　　　　　　我要把这块手帕丢到卡西奥住的地方，
　　　　　　让他捡到。这手帕轻得像空气，似乎微不足道，
　　　　　　对妒忌的人来说却是
　　　　　　神圣的证物，倒是能帮上我的忙。
　　　　　　摩尔人已经中了我的毒：
　　　　　　危险的想象本来就有毒药的性质，
　　　　　　开始还不会引起人的反感，
　　　　　　但一惹上了血气方刚的愤怒，

那就要引起磷矿般的爆炸了。我就是这样说的。

奥瑟罗自远处上

瞧！他来了。不管鸦片也好，曼陀罗也好，

就是世界上最有效的催眠药也好，

都不能使你再像昨夜那样

安稳地睡一觉了。

奥瑟罗　哈！哈！她会对我作假？

伊阿戈　这是怎么啦，将军？不要再谈这件事了。

奥瑟罗　去你的，走开！你使我吃够了苦头。

我发誓，如果上当受骗，与其知道一星半点，

还不如什么都不知道的好。

伊阿戈　怎么啦，我的将军？

奥瑟罗　如果她偷偷地和人寻欢作乐，我能感到什么痛苦呢？

我看不见，想不到，对我没有一点害处。

我夜里睡得香，白天吃得好，自由自在，高高兴兴。

我在她的嘴唇上找不到卡西奥吻她的痕迹。

一个人被盗了，只要不知道

丢了什么，就等于没有被盗。

伊阿戈　听到你这样说，我很难过。

奥瑟罗　我本来很快活，即使全营的

上等兵下等兵都甜甜蜜蜜和她睡过觉，

只要我不知道，就可以过得很快活。但是现在，

别了，宁静的心情；别了，满意的生活；

别了，头戴羽盔的军队，激发雄心的

大战，都永别了！

别了，萧萧长鸣的战马，惊涛拍岸的喇叭，

催促前进的战鼓，震耳欲聋的号角，

迎风飞舞的王旗，真是五光十色，

灿烂辉煌，威风凛凛，杀气腾腾！

还有你，杀人如麻的大炮，发出了

惊天动地的响声，仿佛是天神的雷霆，

现在都永别了！奥瑟罗一生的光辉从此熄灭了。

伊阿戈　这可能吗，我的将军？

奥瑟罗　（抓住他）坏蛋，你说我的妻子和人私通，

那你一定要拿出证据来，拿出亲眼目睹的证据。

否则，我用不会和肉体同归于尽的灵魂起誓，

我消不了这口气，会叫你后悔

还不如生来是条狗呢！

伊阿戈　怎么会到了这一步呢？

奥瑟罗　你要拿出证据来让我看，至少也要说明

证据是可靠的，是没有漏洞的，没有可以怀疑的余地，

否则，你就要倒霉了，你就活不长了！

伊阿戈　我高贵的将军——

奥瑟罗　如果你造谣诽谤，诬蔑了她，折磨了我，

那你就再后悔也没有用，再祈祷也来不及了。

我要在恐怖头上再加恐怖，

做出使天崩地裂、鬼哭神嚎的事来，

让你尝尝地狱里也

尝不到的痛苦。

伊阿戈　饶了我吧！天哪，饶恕我吧！

你还是个人吗？你还有灵魂吗？有感觉吗？

天哪！再见了，免了我的官职吧！啊，你这个大傻瓜 [1]，

1　伊阿戈是在故意数落自己。

你怎么使自己的老实变成一件坏事了呢！
啊，这真是魔鬼的世界了！听我说，听我说，世界呀！
直截了当，老老实实，怎么都变得不安全了呢？
我谢谢你给了我这个教训，从今以后，
我再也不敢对朋友好了，友好的结果却是失掉了友谊。

奥瑟罗 不对，站住。你难道不应该老实吗？

伊阿戈 我应该聪明，因为老实是个傻瓜，
会失掉他应该得到的东西。

奥瑟罗 我用世界的名义起誓，
我想我的妻子是忠实的，但又怕她不是；
我想你应该是公平老实的，但又怕你不是。
所以我一定要有证据。我的名誉本来
像月神的面容一样纯洁，现在却污染得
像我的面孔。如果有绳子、刀子、
毒药、烈火，或者淹死人的流水，
我都要用来消除污染。但愿我能做到！

伊阿戈 我看你已经成了感情的俘虏，
真后悔不该告诉你。
你真想搞清楚？

奥瑟罗 不是真想，而是一定要。

伊阿戈 那可以做到，但怎样才算清楚，怎样你才能满意呢，将军？
是只要大致看上一眼，看得目睁口呆，
还是要看人骑在她身上？

奥瑟罗 该死，天诛地灭！啊！

伊阿戈 这倒很麻烦，很讨厌；我想，
很难抓到他们在床上做戏的那一场，
那只有做戏人自己才能

亲眼目睹。怎么办呢？

叫我怎么说？怎样才能说得令人满意？

即使他们像山羊一样发情，像猴子一样上火，

像豺狼一样冲动，像傻瓜

喝醉了酒一样粗鲁，你也不可能

亲眼看到呀！不过我说，

只要根据有说服力的具体细节

推测下去，也是可以

令人满意地进入事实真相的大门的。

奥瑟罗　我要你给我一个站得住脚的证据，证明她不清白。

伊阿戈　我不喜欢这个差事，

但是我已经深深卷入了这件事——

为了忠实和友情，我已经被推下去了——

只好硬着头皮再接着走下去。我近来和卡西奥

同床睡了一夜，因为牙痛得厉害，

夜里总是翻来覆去睡不着觉。有些人

睡觉时灵魂会放松，会说出

他们的心里话：卡西奥就是一个这样的人。

我听见他在梦中说："亲爱的苔丝梦娜，

我们要小心，不要泄漏了感情的秘密。"

然后，将军，他抓住我的手，又捏又揉，

口里喊着："甜蜜的人儿！"并且拼命吻我，

仿佛要把我嘴唇上的吻

连根拔起，他的腿跨在

我的大腿上，又是叹气，又是亲吻，

又是呼喊："该死的命运怎么把你给了摩尔人！"

奥瑟罗　啊，这怎么可能！怎么可能！

伊阿戈	不过，这只是他的梦而已。
奥瑟罗	梦也能够点破发生过的事情；
	这就值得怀疑了，虽然还只是一个梦。
伊阿戈	如果证据不足，
	这倒可以增加证据的分量。
奥瑟罗	我真恨不得把她撕成碎片。
伊阿戈	不要冲动，明智点：我们并没看见他们做什么事呀，
	她还可能是清白的呢。我要问你一件小事：
	你有没有见过夫人手里拿的
	一块绣着草莓的手帕？
奥瑟罗	我给过她一块这样的手帕，那是我给她的第一件纪念品。
伊阿戈	这点我倒不知道，不过我见过一块这样的手帕——
	我相信那一定是夫人的——我今天
	看见卡西奥用它擦胡子。
奥瑟罗	如果就是那一块——
伊阿戈	如果就是那一块，或者任何一块她的手帕，
	再加上其他证据，倒是对她不利。
奥瑟罗	啊！这奴才有四万条命吗？
	一条命怎么够我报仇雪恨呢！
	现在我看这是真的了。瞧！伊阿戈，
	我以前糊糊涂涂的爱恋都随风而去，
	归天了。
	起来吧，阴险毒辣的仇恨，离开你黑暗的魔窟！
	让位吧，爱情啊！把你的王冠和心爱的宝座
	让给残忍凶暴的仇恨！膨胀吧，充满怒气的胸腔，
	吐出你满腔毒蛇的舌头！
伊阿戈	不要过度。

奥瑟罗　　　啊，血债要用血还！

伊阿戈　　　不要着急，听我说：你的主意还可能改变呢。

奥瑟罗　　　不会的，伊阿戈。就像黑海的

　　　　　　冰流只知道滚滚向前，

　　　　　　不会退潮，一直奔向

　　　　　　博斯普鲁斯海峡，

　　　　　　我报仇雪恨的思想，

　　　　　　不消灭这奇耻大辱，

　　　　　　也绝不会后退，绝不会

　　　　　　向情爱低头。（跪地）苍天在上，

　　　　　　若不雪耻，

　　　　　　誓不为人。（试图起身）

伊阿戈　　　（跪地）不要起来。

　　　　　　请老天作证！永远照耀人间、

　　　　　　环行天空的星辰，

　　　　　　为伊阿戈作证吧！

　　　　　　我要用我的智力、体力、心力，

　　　　　　来听从奥瑟罗的吩咐，为他洗刷他的耻辱！

　　　　　　只要他一声令下，我一定尽心竭力，

　　　　　　哪怕是动刀流血，也是在所不惜。（两人起身）

奥瑟罗　　　谢谢你的忠诚帮助。

　　　　　　我不是空口说白话，而是立刻接受

　　　　　　你的慷慨支援，考验你的誓言：

　　　　　　希望三天之内，你能够告诉我，

　　　　　　世界上已经没有卡西奥这个人了。

伊阿戈　　　我的朋友已经死定了，你一开口就

　　　　　　结束了他的生命。至于夫人，希望放她一条生路。

奥瑟罗　　该死的女人，水性杨花的妖魔！她也不能免罪！

来，同我走吧：我要想个

又快又好的办法，来打发

这个美丽的妖精。从现在起，你就是我的副将了。

伊阿戈　　我一定永远遵命，为你效劳。　　　　　　　　　同下

第四场　/　第八景

塞浦路斯（大概在城堡外）

苔丝梦娜、艾米莉娅与丑角上

苔丝梦娜　　老兄，你知道副将卡西奥的家在哪里吗？

丑角　　　我不敢说他有个家。

苔丝梦娜　　为什么呢，老兄？

丑角　　　他是一个军人，军人应该"四"海为家。

苔丝梦娜　　算了。告诉我他住在哪里？

丑角　　　我不说了他住在"死"海吗？

苔丝梦娜　　你这样说是什么意思？

丑角　　　我说了军人"死"海为家，既然他是军人，自然住在死海了。

苔丝梦娜　　你能不能打听一下他住的地方？

丑角　　　你是不是要"打"他一顿，要他"听"话，告诉你他住的地方？

苔丝梦娜　　找到他住的地方，就叫他来，说我已经为他向将军求情了，
　　　　　　　希望会有好的结果。

丑角　　　这倒不难，不是我力所不及的地方。我可以不"打"就叫他

　　　　　　　　"听"话，到这里来。　　　　　　　　　　　　　丑角下

苔丝梦娜　我的手帕丢到哪里去了，艾米莉娅？

艾米莉娅　我不知道，夫人。

苔丝梦娜　说真的，我宁愿丢了装满金币的钱包，
　　　　　　也不愿丢了这块手帕。幸好我们高尚的黑将军
　　　　　　是个老实人，没有坏心眼，
　　　　　　不是个妒忌的人，否则，不知道
　　　　　　他会想到什么歪路上去。

艾米莉娅　他不会妒忌吗？

苔丝梦娜　谁？他吗？我想他出生地的太阳
　　　　　　已经把这些脾性都晒干了。

艾米莉娅　瞧，那不是他来了吗？

奥瑟罗上

苔丝梦娜　我要和他待在一起，
　　　　　　等他叫卡西奥来。——夫君，你怎么啦？

奥瑟罗　很好，我的好夫人。——（旁白）啊，装假真难！——
　　　　　　你怎么样，苔丝梦娜？

苔丝梦娜　很好，我的好夫君。

奥瑟罗　伸手过来。你的手真娇嫩，夫人。

苔丝梦娜　它还不知道忧愁，也不认识岁月。

奥瑟罗　（部分旁白？）这说明心灵多么丰富，多么自由，
　　　　　　温暖如春，滋润如雨。你的手需要
　　　　　　和自由隔离，需要斋戒沐浴、祈求祷告，
　　　　　　学会克制自己，养成虔诚的习惯，
　　　　　　因为手底下暗藏着一个反常的、
　　　　　　出汗的年轻魔鬼。你的手真好，
　　　　　　它有什么就给什么。

苔丝梦娜　你的确可以这样说，

　　　　　因为这只手把我的心给了你。

奥瑟罗　　慷慨的手。把手给了人就是把心给了人。

　　　　　现在可不同了，只给手，不给心。

苔丝梦娜　我不能这样说。来，现在谈谈你答应我的事。

奥瑟罗　　答应了什么事，我的好人儿？

苔丝梦娜　我已经要人去叫卡西奥来和你谈话了。

奥瑟罗　　我有点不舒服，好像是感冒了。

　　　　　把你的手帕给我。

苔丝梦娜　（拿给他一手帕）这里，夫君。

奥瑟罗　　我要的是我给你的那一块。

苔丝梦娜　那一块我没有带在身边。

奥瑟罗　　没有带？

苔丝梦娜　的确没有，我的夫君。

奥瑟罗　　那你就不对了。那块手帕

　　　　　是一个埃及女人给我母亲的；

　　　　　她是一个女巫，只要一看人的脸几乎就能

　　　　　说出他的思想。她告诉我母亲，只要她有这块手帕，

　　　　　她就会显得可爱，并且可以完全征服我的父亲，

　　　　　使他爱她；但是如果她丢了手帕，

　　　　　或者送了别人，那在我父亲眼里，

　　　　　她就会变成一个讨厌的人，他的心灵就会去

　　　　　追求新欢。我母亲临终前把手帕给了我，

　　　　　要我在命里注定的婚礼之后，

　　　　　把它给我新婚的妻子。我就这样做了；你要小心照顾它，

　　　　　把它当作自己宝贵的眼睛一样珍爱。

　　　　　丢了它或是送了别人，那就会造成

无法弥补的损失。

苔丝梦娜 有这样严重？

奥瑟罗 的确严重。手帕是用魔法织成的；
一个女先知——她活在这世上看到
太阳绕地球整整转了两百圈——
受到神的启发，在狂热中缝制了手帕。
手帕用的是超凡的蚕丝，
并且是浸在处女的心液中
染色而成的。

苔丝梦娜 这是真的吗？

奥瑟罗 一点不假，所以一定要好好保存。

苔丝梦娜 天可怜我！我真愿从来没有见过这块手帕。

奥瑟罗 咦？为什么？

苔丝梦娜 你为什么问得这样急促？

奥瑟罗 是不是丢了？不见了？说呀！是不是找不到了？

苔丝梦娜 老天保佑！

奥瑟罗 你说什么？

苔丝梦娜 没有丢掉，可万一是丢了呢？

奥瑟罗 怎么？

苔丝梦娜 我说没有丢掉。

奥瑟罗 那就拿来我看。

苔丝梦娜 那好，可以，但是现在不行。
我怕会耽搁我的要求，
请你让卡西奥来吧。

奥瑟罗 拿手帕来，我已经不放心了。

苔丝梦娜 行了，行了，
你再也找不到比他更合适的副手了。

奥瑟罗　　　手帕。

苔丝梦娜　　他把命运都

　　　　　　寄托在你的感情上，

　　　　　　和你一同冒过危险，共过患难——

奥瑟罗　　　手帕。

苔丝梦娜　　说实话，你这就不对了。

奥瑟罗　　　去你的吧！　　　　　　　　　　　　　　　　　奥瑟罗下

艾米莉娅　　这个人是不是妒忌了？

苔丝梦娜　　我从来没见过他这个样子。

　　　　　　这手帕肯定有什么不可思议的力量：

　　　　　　我真倒霉，偏偏丢掉了。

艾米莉娅　　一两年还看不透一个男人。

　　　　　　他们只是好胃口，而我们却是他们嘴里吃的东西；

　　　　　　他们饿了就吃，等到吃得太饱，

　　　　　　就都吐了出来。

伊阿戈与卡西奥上

　　　　　　你瞧，卡西奥同我丈夫来了。

伊阿戈　　　没有别的办法，只好求求她了。

　　　　　　瞧，她人就在那里，真巧！去求她吧！

苔丝梦娜　　怎么了，好卡西奥，有什么消息吗？

卡西奥　　　夫人，还是我以前的请求。希望贤夫人

　　　　　　大力帮助我，使我能够

　　　　　　活下去，重新得到将军的眷顾，

　　　　　　在他的帐下作出全心全意的

　　　　　　努力。我不能再耽误了。

　　　　　　如果我真的罪不可赦，

　　　　　　过去微薄的努力，现在真心的悔改，

将来可能作出的补偿，

都无法得到他的宽恕和恩赐，

至少知道了也是一件好事：

我也只好忍痛强欢，

走上另外的道路，去寻求

命运的施舍。

苔丝梦娜 唉！好耐心的卡西奥，

我现在说话也合不上我丈夫的拍子了。

丈夫不再是我所知道的丈夫，

他的脾气和喜好都变得对我陌生了。

我只有希望上天的神灵来帮忙；

我已经为你说了最好的话，

但我没有拘束的语言居然得罪了

我的丈夫！我只好求你忍耐一下：

凡是我能做到的，我都会为你做，而且会比

为我自己做的还多。我只能做到这一步了。

伊阿戈 难道将军生气了？

艾米莉娅 他刚刚离开这里，

脾气变得急躁不安呢。

伊阿戈 难道他会生气吗？我见过大炮

打得他的队伍血肉横飞，

像魔鬼一样从他怀里夺走了他兄弟的

生命，他也没有发怒，现在会生气吗？

这里面一定有重大的缘故。我倒要去看看，

如果他真是生了气，那一定是出了大事。 下

苔丝梦娜 请你去吧。一定是国家大事，

不是威尼斯、就是塞浦路斯

有人搞什么阴谋诡计，扰乱了
他清醒的头脑；在这种情况下，
人往往会为小事发大脾气，
其实，他们关心的是大事。肯定如此，
就像拔掉一根头发，也会引发
健全的四肢感同身受一样。
不，我们应该想到，男人不是天神，
不能要求他们老是像新婚时一样
温存体贴。提醒我吧，艾米莉娅——
这一仗我打得不漂亮——
我用我的心情来衡量他，所以错怪他了。
现在我才发现，我听了一个片面的证词，
所以得出了不公正的结论。

艾米莉娅 天哪，但愿一切如你所想，是为了国家大事，
不是对你的怀疑或是妒忌
造成的结果。

苔丝梦娜 老天哪！他没有理由妒忌呀。

艾米莉娅 但是妒忌的人是不要理由的；
他们妒忌并没有理由，但他们
就是妒忌。妒忌是个莫名其妙的怪东西，
它自己会生长出来，你要妒忌就妒忌了。

苔丝梦娜 但愿老天不要让妒忌在奥瑟罗心里生长！

艾米莉娅 夫人，但愿如此。

苔丝梦娜 我要去找他。——卡西奥，你在这儿等等吧。
如果找到合适的时机，我会为你说情的，
我会尽最大努力促成你这件事。　　苔丝梦娜与艾米莉娅下

卡西奥 我非常感谢夫人。

碧恩嘉上

碧恩嘉　　你好呀，卡西奥好朋友！

卡西奥　　什么风把你吹出家来了？

　　　　　　你怎么样，我顶漂亮的碧恩嘉？

　　　　　　的确，亲爱的，我正要到你家去呢。

碧恩嘉　　我也正要去你住的地方，卡西奥。

　　　　　　你为什么一个星期都不见人？七天七夜，

　　　　　　一百六十八个小时？情人不在的时间，

　　　　　　比钟表上的一百六十多个小时还难过得多，

　　　　　　算起来都要累死人！

卡西奥　　对不起，碧恩嘉，

　　　　　　这几天沉重的心事压在我身上，

　　　　　　等我时间宽松一点，我会加倍偿还

　　　　　　你的时间债。（递给她苔丝梦娜的手帕）现在，好碧恩嘉，

　　　　　　请你给我把上面的花样描下来，好吗？

碧恩嘉　　啊，卡西奥，你这是哪里来的？

　　　　　　是不是新姘头给你的纪念品？

　　　　　　我现在才感到你离开的理由了。

　　　　　　怎么就到了这一步？那好，那好。

卡西奥　　去你的吧，女人！

　　　　　　把你这些胡思乱想送回魔鬼

　　　　　　那里去吧。你怎么居然也会

　　　　　　妒忌起来，说什么新姘头新纪念呢！

　　　　　　说实话，不是的，碧恩嘉。

碧恩嘉　　那么，是谁的呢？

卡西奥　　我也不知道，是在我房里找到的。

　　　　　　我很喜欢这个花样，在失主来取回原物之前——

我看这很有可能——我想请你把花样描下来，
好不好？现在，请你走吧！

碧恩嘉　　走？离开你？为什么？

卡西奥　　我在这里等将军来，
不想、也不愿让他看见
我和女人在一起。

碧恩嘉　　为什么呢？请告诉我。

卡西奥　　并不是因为我不爱你。

碧恩嘉　　而是因为你真不爱我。
请你陪我走走，告诉我
今夜能不能看见你。

卡西奥　　我只能陪你走几步，因为我要在这里
等人，不过我很快就会去看你的。

碧恩嘉　　那好，我也只能看情况说话了。　　　　　　　　同下

第四幕

第一场　／　景同前

奥瑟罗与伊阿戈上

伊阿戈　　你这样想吗？

奥瑟罗　　这样想，伊阿戈？

伊阿戈　　怎么，偷偷地吻她？

奥瑟罗　　不合规矩的吻！

伊阿戈　　脱了衣服同她的姘头上床
　　　　　一个多小时，还说没有什么歹意？

奥瑟罗　　脱了衣服上床，伊阿戈，而且没有歹意？
　　　　　这是在对魔鬼撒谎；
　　　　　有好意的人会这样做吗？这是魔鬼在
　　　　　考验他们的德行，而他们在考验老天。

伊阿戈　　如果他们没做坏事，那是情有可原的；
　　　　　但是如果我给了我老婆一块手帕——

奥瑟罗　　那怎么样？

伊阿戈　　那有什么？手帕就是她的啰，将军；
　　　　　既然是她的，我看她愿意给谁就可以给谁。

奥瑟罗　　她也应该保护名誉呀，
　　　　　难道名誉也可以送人？

伊阿戈　　名誉的重要性是看不见的，
　　　　　有名誉的人往往并没有名誉，
　　　　　而手帕——

奥瑟罗	老天在上，我真愿忘记了名誉。
	你说过——噢，我的记忆
	就像乌鸦飞过传染病房，
	对大家都不是好兆头——他拿了我的手帕。
伊阿戈	是呀，那又怎样？
奥瑟罗	现在看来可不太好。
伊阿戈	如果我说过，我看见他做过对不起你的事，
	或听见他说——坏蛋在外面总是这样，
	他们靠着死纠蛮缠的追求，
	或是情人主动投入怀抱，
	满足了欲望，于是免不了
	见人就要瞎说——
奥瑟罗	他说过什么话吗？
伊阿戈	倒是说过，将军。不过你放心，
	他说过的话不会比将来要否认的更多。
奥瑟罗	他说什么来着？
伊阿戈	说他做过的坏事。自然我们不知道他真做了没有。
奥瑟罗	做了什么？
伊阿戈	上床——
奥瑟罗	同她？
伊阿戈	同她，搞她，想怎样搞就怎样搞。
奥瑟罗	和她上床？和她乱搞？这是说谎，胡说八道。和她上床！真叫人恶心：他得了手帕——又亲口承认了——手帕！承认了就上吊，或者先上吊再招供；一想到招供我就发抖了。没有站得住脚的理由，光凭几句捕风捉影的空话，怎么能够把我搞得这个样子呢？去你的吧！什么交头接耳，眉目传情，这可能吗？承认？手帕？啊！该死！（昏死过去）

伊阿戈　　发作吧！

　　　　　我的毒药起作用了。这样相信别人的糊涂虫怎能不上当呢？

　　　　　多少尊贵而贞洁的夫人都吃过亏，

　　　　　全都没有罪过，却都受到谴责。——怎么啦，喂？将军？

　　　　　将军，我说，奥瑟罗！——

卡西奥上

　　　　　　　　　　　　　　　　　　　　怎么啦，卡西奥？

卡西奥　　出了什么事了？

伊阿戈　　将军忽然发起羊痫风来了。

　　　　　这是第二次，昨天还发了一次呢。

卡西奥　　帮他揉揉太阳穴。

伊阿戈　　羊痫风一定要静养，

　　　　　否则，他会口吐白沫，不一会儿

　　　　　就发起疯来的。瞧！他动了。

　　　　　你暂时走开一下，

　　　　　他很快就会复原的。等他走了，

　　　　　我还有重要的话要跟你说。　　　　　　　　　　　　　卡西奥下

　　　　　你怎么样，将军？没伤到头吧？

奥瑟罗　　怎么，你在笑我？

伊阿戈　　老天在上，我哪里敢笑你？

　　　　　只希望你做个男子汉大丈夫罢了！

奥瑟罗　　一个头上长了角、戴了绿帽子的人只能低人一头。

伊阿戈　　哪一个大城市没有许多低人一头的上等人，

　　　　　又有许多高人一头的下等人呢？

奥瑟罗　　他承认了吗？

伊阿戈　　好将军，做个大丈夫吧。

　　　　　成千上万拖家带室的丈夫

都像你一样，每天夜里睡在
不干不净的大床上；但是谁敢发誓说那张大床是他专有的，
从来没有睡过外人呢？比起他们来，你的情况要好得多了。
这是地狱比人间高明的地方，魔鬼最开心的勾当，
就是让男人在不容他人酣睡的卧榻上，拥抱着
一个万无一失的失节女人！不行，我宁愿知道真相，
知道我成了什么样的王八蛋，才能知道把这个婊子怎么办。

奥瑟罗　啊，你真精明，有你一手。

伊阿戈　现在要请你藏到一边去，
要有耐性，千万不能发脾气。
你刚才被激动情绪压倒的时候——
这实在不适合大将军的身份哪——
卡西奥来过，我把他打发走，
并且让他相信你发病了，
我还要他再来这里和我谈话，
他答应了。你只要藏起来，
听他怎么满不在乎地胡说八道，
脸上每一个毛孔都流露出得意忘形的神气；
我会要他再说一遍：
他在什么时间、什么地方、多少次、多久前、
怎样玩弄你妻子的。不过，我说，
你只能看看他的姿态。天哪，可要忍耐。
否则，我只好说你是疯了，
简直不是个人了。

奥瑟罗　你听着，伊阿戈，
我最有忍耐心，
也最有狠心。

伊阿戈	不错， 但是要看时机。请你躲到后面，好吗？（奥瑟罗退避） 现在，我要和卡西奥谈谈碧恩嘉， 这是一个为了吃饱穿好而干风流勾当的 娘儿们，倒是痴恋上了卡西奥—— 算她倒霉，她勾引了好多男人， 却被一个男人勾引住了。 一谈到她，他自然会 放声大笑。瞧！他来了。

卡西奥上

	他只要一笑，奥瑟罗就要发疯了。 他不学无术，糊糊涂涂就妒忌起来， 一定会误解卡西奥的一举一动、 一言一笑的。——怎么样，副将？
卡西奥	你的称呼更加使我难受， 失去了这个头衔简直要了我的命。
伊阿戈	（压低声音）好好催催苔丝梦娜，肯定你就可以官复原职了。 假如这事落在碧恩嘉手里， 那就会快得多了！
卡西奥	（大笑）唉，可惜！
奥瑟罗	瞧，他已经在笑了！
伊阿戈	我从来不知道女人能这样爱男人。
卡西奥	唉，可怜的女人。我想她的确是爱我的。
奥瑟罗	他只是一笑了之。
伊阿戈	你听说了没有，卡西奥？
奥瑟罗	现在，他硬要他 再讲一遍。行，做得好，做得好。

伊阿戈	她对人说你想和她结婚,
	你有这个打算吗？
卡西奥	哈，哈，哈！
奥瑟罗	你得意了？像罗马的胜利者一样，你得意了？
卡西奥	我和她结婚？什么？我不过是个嫖客而已。请你不要把我当傻瓜，我还没有傻到那一步呢。哈，哈，哈！
奥瑟罗	好，好，好，好：看谁笑到最后吧。
伊阿戈	怎么？外面都传说你要和她结婚了。
卡西奥	请你说正经的。
伊阿戈	如果这话不正经，我就是个坏蛋了。
奥瑟罗	这话是不是也伤了我？那好。
卡西奥	这是猴子玩把戏：她自以为我要和她结婚了。其实，那只是她自己的想法，并没有得到我的同意。
奥瑟罗	伊阿戈和我打招呼：他现在要讲故事了。
卡西奥	她刚刚还在这儿，我到哪里都缠着我不放。有一天，我正在海边和几个威尼斯人谈话，她却跑了过来，就这样搂住我的脖子——（搂住他）
奥瑟罗	还叫着"啊，亲爱的卡西奥"吧？他的手势似乎这样说。
卡西奥	就这样吊在我的脖子上，又哭又摇又拉。哈，哈，哈！
奥瑟罗	现在，他要讲她怎样把他拖到我房间里去了。啊！我看见你的鼻子[1]，但还没找到咬你的狗呢。
卡西奥	这样，我就不得不离开她了。
伊阿戈	瞧！那不是她来了？

碧恩嘉上

| 卡西奥 | 这个臭婊子！天哪，还洒了香水呢！——你这样缠住我是什 |

---

1 鼻子（nose）或代指阳具。

么意思？

碧恩嘉 让魔鬼和他娘来缠你吧！你刚不久给我这块手帕是什么意思？我这个大傻瓜才会上当。还要我给你描花样？一块这样的手帕，怎么会丢到你房间里去，而你居然会不知道是谁丢在那里的？这一定是哪一个女妖精的东西，而你还要我来描花样？拿去还给你的臭婆娘吧。（她把手帕递给他）不管你从哪里得来的，我可不能为你描花样了。

卡西奥 怎么啦，我的好碧恩嘉？怎么啦？这是怎么啦？

奥瑟罗 老天在上，这正是我的手帕！

碧恩嘉 如果你今夜能来，就来吃晚餐[1]；如果你不想来，那你爱去哪里就去哪里吧。　　　　　　　　　　　　　　　　　　　下

伊阿戈 追她去，追她去吧。

卡西奥 我不得不去了，我怕她在街上乱说。

伊阿戈 你在她那里吃晚餐？

卡西奥 是的，我打算去。

伊阿戈 那好，我也许会去看你，我要和你好好谈谈。

卡西奥 那就请你来吧。

伊阿戈 去吧，别多说了。　　　　　　　　　　　　　　卡西奥下

奥瑟罗 （上前）你看我该怎样干掉他，伊阿戈？

伊阿戈 你没有看到他怎样一边做坏事，一边笑吗？

奥瑟罗 啊，伊阿戈！

伊阿戈 你看见手帕了吗？

奥瑟罗 是我的那一块吗？

伊阿戈 我以这只手起誓，它是你的。你看他是怎样尊重你这位糊涂妻子的！她把手帕给了他，他却给了一个婊子。

1　晚餐（supper）亦暗示性爱。

奥瑟罗	我要他活受九年罪。一个好女人！漂亮的女人！可爱的女人！
伊阿戈	不，你应该忘记这些。
奥瑟罗	啊，让她腐烂发臭，今夜就死掉吧，她真不该活下去了。我的心已经硬得像石头，捶一下，手都会痛。啊！世界上没有一个更可爱的人，她简直可以陪皇帝睡觉，向他发号施令呢。
伊阿戈	不，我从没有听你这样说过。
奥瑟罗	吊死她！我不过是说实话而已。做起针线活儿来多灵巧啊，唱起歌来又多么令人拜倒。啊！她会唱得野兽都驯服的。真是多才多艺花样多！
伊阿戈	那就更糟了。
奥瑟罗	啊，更糟一千倍，一千倍！而脾气又这样好！
伊阿戈	太好了。
奥瑟罗	不，肯定不。但是多可惜呀！啊，伊阿戈！多可惜呀！
伊阿戈	她这样不要脸。你还这样舍不得，那就索性让她爱怎样就怎样好了。你自己都觉得无所谓，别人有什么关系呢？
奥瑟罗	我要把她剁成肉酱，她竟敢让我当了王八！
伊阿戈	这真是糟透了。
奥瑟罗	还是跟我一个部下。
伊阿戈	那就更糟了。
奥瑟罗	今夜给我拿毒药来，伊阿戈。我也不再同她讲道理了，否则，她美丽的肉体又会使我狠不下心来。记住了，伊阿戈，今天晚上。
伊阿戈	要毒药干吗？干脆就在床上掐死她得了，就在那张她污染了的床上，那不是更好吗？
奥瑟罗	好，好，这是公平的报应。很好。
伊阿戈	至于卡西奥，由我来对付他好了。午夜时我会给你消息。

洛多维科、苔丝梦娜及众侍从上

奥瑟罗 那好极了。（幕内号声）

怎么有号声？

伊阿戈 一定是威尼斯来人了。

是公爵派来的洛多维科。

看，你的夫人也同他一起来了。

洛多维科 上帝保佑你，尊贵的将军！

奥瑟罗 全心伺候你，大人。

洛多维科 威尼斯公爵和众元老向你问候。（递过一信）

奥瑟罗 谢谢他们的指示。（拆信来看）

苔丝梦娜 亲爱的洛多维科表哥，你带来了什么消息？

伊阿戈 非常高兴见到大人，

欢迎大驾光临塞浦路斯。

洛多维科 谢谢。卡西奥副将好吗？

伊阿戈 他还活得好好的。

苔丝梦娜 表哥，他和我丈夫之间发生了

一点误会，你来正好解决这个问题。

奥瑟罗 你能够肯定吗？

苔丝梦娜 我的夫君？

奥瑟罗 （读信）"请你不必办了，因为你要——"

洛多维科 他正在读信呢，没有对你说话。

你说将军和卡西奥之间出了什么问题？

苔丝梦娜 一场不幸的误会。我正想弥补

他们的关系呢，因为我对卡西奥很好。

奥瑟罗 天打雷劈！

苔丝梦娜 我的夫君？

奥瑟罗 你正常吗？

苔丝梦娜　　他怎么不高兴啦?

洛多维科　　也许这封信起了作用,

　　　　　　我想是信里要他回去,

　　　　　　要卡西奥代理他的职务。

苔丝梦娜　　这真是难以相信,我太高兴了。

奥瑟罗　　　当真?

苔丝梦娜　　我的夫君?

奥瑟罗　　　我很高兴看到你疯了。

苔丝梦娜　　你怎么啦,我的好奥瑟罗?

奥瑟罗　　　妖魔鬼怪!（打她）

苔丝梦娜　　怎么会这样呢?

洛多维科　　将军,威尼斯人很难相信会发生这种事情,

　　　　　　虽然我敢发誓,这是我亲眼看见的。你做得过分了,

　　　　　　应该赶快补救。你看,她都哭了。

奥瑟罗　　　啊,妖魔鬼怪,妖魔鬼怪!

　　　　　　即使世界上流满了女人的眼泪,

　　　　　　每滴眼泪也都是假心假意的鳄鱼泪。——

　　　　　　走开,不要让我再看到你!

苔丝梦娜　　我不会待在这里惹人讨厌。（欲走）

洛多维科　　的确是一个听话的好夫人,

　　　　　　请将军要她回来吧。

奥瑟罗　　　夫人!

苔丝梦娜　　（回转身）夫君?

奥瑟罗　　　你要她回来干什么,大人?

洛多维科　　怎么是我要她回来的,将军?

奥瑟罗　　　对呀,不是你要我叫她转回来的吗?

　　　　　　大人,她可以转来转去,转来转去,又再

転去转来；她会哭，大人，她会哭。
她确实听话，像你说的，确实听话，
非常听话。——流你的眼泪吧。——
关于这件事，大人——啊！虚伪的眼泪！——
我要调回去这件事——走开，
我会再叫你来的。——大人，我服从调遣，
会回威尼斯去。——快点滚开！　　　　　　　苔丝梦娜下
卡西奥会代替我的职务。还有，大人，
今夜我要设宴招待大家，
欢迎你大驾光临塞浦路斯。——这么多公羊和雄猴！　　　下

洛多维科　这就是那位整个元老院都赞美得
　　　　　　无以复加的摩尔人吗？这就是那个感情
　　　　　　不会冲动、性格坚强的男子汉吗？
　　　　　　这就是那个不会投机取巧、不会发生意外的
　　　　　　道德高尚的人吗？

伊阿戈　　他大大改变了。

洛多维科　他的头脑清楚吗？是不是有点轻举妄动？

伊阿戈　　他就是这个样子。我不敢提出批评，
　　　　　　他是不是怎么样了[1]。如果他不是怎么样了，
　　　　　　老天在上，我倒真是希望他怎么样了更好！

洛多维科　怎么，他打他的夫人？

伊阿戈　　的确，这不太好，可我倒希望
　　　　　　他只是动动手而已！

洛多维科　他平常都这样吗？
　　　　　　是不是这封信使他热血沸腾，冲昏了

1　即指"是不是疯了"。

他的头脑，让他犯下了新的错误？

伊阿戈　可惜，可惜！
　　　　　可惜我不能把我所看见的
　　　　　和所知道的都老老实实说出来。你可以自己观察
　　　　　他的所作所为，就可以说明他是个怎么样的人，
　　　　　用不着我多费口舌。跟在他后面瞧瞧吧，
　　　　　看他做出什么样的事情来。

洛多维科　真倒霉，我居然看错了他这个人。　　　　众人下

第二场　／　第九景

塞浦路斯（城堡内）

奥瑟罗与艾米莉娅上

奥瑟罗　你什么都没有看见吗？

艾米莉娅　从来没有看到过，也从来没有听到过，怀疑过。

奥瑟罗　你一定看到过卡西奥和她在一起。

艾米莉娅　但我没有看到他们做什么不对的事，也没有
　　　　　　听到他们说一句不对的话，甚至没有一个不对的字。

奥瑟罗　怎么，难道他们没有低声悄悄说话？

艾米莉娅　没有，将军。

奥瑟罗　也没有半中间要你出去？

艾米莉娅　从来没有。

奥瑟罗　没有要你去拿扇子、手套、面纱之类的东西？

艾米莉娅　没有，将军。

奥瑟罗　那就怪了。

艾米莉娅　我敢打赌，将军，她是忠诚老实的，

我敢用我的灵魂起誓。如果你有别的想法，

趁早打消这个念头吧，免得会把你带上歪门邪道。

如果有哪个坏蛋要把这种想法塞进你的头脑，

那就让上天用毒蛇的诅咒[1]来处罚他吧！

因为如果说她不忠诚老实、忠贞纯洁，

那世界上就没有一个男人能够快活，没有一个妻子

不该受到怀疑了。

奥瑟罗　那你去叫她来，去吧！　　　　　　　　　　艾米莉娅下

她说得够好听的，不过她只是一个拉皮条的女人，

说话不能算数。我这个妻子却是个厉害的婊子，

肚子里装满了阴谋诡计，嘴却锁得很紧，

做了坏事还会跪下来向天祈祷。我就见过她这样嘛。

苔丝梦娜与艾米莉娅上

苔丝梦娜　我的夫君，叫我来有什么事？

奥瑟罗　亲爱的，请你过来一点。

苔丝梦娜　有什么事吗？

奥瑟罗　让我看看你的眼睛；你瞧着我的脸！

苔丝梦娜　你这是什么可怕的主意？

奥瑟罗　（对艾米莉娅）管家嫂子，你的任务是

关上门，让我们两口子在一起，

有人来就咳一下或喊一声。

1　毒蛇的诅咒：《圣经·创世记》中，蛇引诱夏娃吃下智慧树的果实，上帝于是对蛇说："你既作了这事，就必受咒诅，比一切的牲畜野兽更甚。"

| | 这是你的本行，老本行了。去吧！ | 艾米莉娅下 |

苔丝梦娜 （跪地）我跪着求你告诉我，你这话是什么意思？

我从你的话里听得出你是生气了。

奥瑟罗 怎么啦？你是什么人？

苔丝梦娜 你的妻子呀，我的夫君，是你忠诚老实的妻子。

奥瑟罗 来，发誓吧，诅咒你自己！

否则，你看起来像天堂里的天使，连魔鬼

也不敢来抓你了。你要受到加倍的惩罚：

发誓说你是忠诚老实的！

苔丝梦娜 上天的确知道我是忠诚老实的。

奥瑟罗 上天的确知道你是和地狱一样弄虚作假的。

苔丝梦娜 对谁弄虚呀，夫君？又同谁作假？我怎么会弄虚作假呢？

奥瑟罗 （泣）啊！苔丝梦娜！走开，给我滚开！

苔丝梦娜 唉！沉重的日子！你怎么哭起来了？

是为我流的眼泪吗，夫君？

如果你怀疑，或许是我父亲

暗中捣鬼，要把你召回去，

那也不能怪我呀。如果说你失去了他的好感，

我也一样失去了呀。

奥瑟罗 如果上天要用

苦难来考验我，如果他们要把

各种痛苦和耻辱强加到我的头上，

剥夺我的一切，使我穷得只剩下一张嘴巴，

使我和我最大的希望都成为泡影，

我还总可以在我灵魂的某个角落里找到

一点忍受的能力；但是天哪！

偏要使我成为千夫所指、

　　　　　　万目所视的可耻人物！
　　　　　　即使如此，我也能够忍受！那好，那好；
　　　　　　但是在我灵魂深处的宝藏，
　　　　　　那是我生命的源泉，
　　　　　　活力从源头流出来。流不出
　　　　　　就干枯了，毫无用处了，
　　　　　　或者变成了癞蛤蟆藏身繁殖的
　　　　　　臭水洼！嘴唇鲜红的小天使呀，
　　　　　　去那臭水中照照你的影子，耐心看看：
　　　　　　你怎么看起来像地狱一样丑恶残暴、阴森森的了！

苔丝梦娜　　我希望我高贵的夫君会看出我的忠诚老实。

奥瑟罗　　　啊！就像夏天屠宰场里的苍蝇，
　　　　　　风越吹苍蝇生得越多。啊！你这野草闲花，
　　　　　　看起来如此美丽可爱，闻起来如此芳香甜蜜，怎么一碰到你
　　　　　　却会感到痛苦，避之唯恐不及。但愿你从来没有出生才好呢！

苔丝梦娜　　哎呀！我犯下了什么我自己都不知道的大罪呀！

奥瑟罗　　　这样美丽的纸，这样好看的书，怎么能
　　　　　　在上面写上"婊子"两个字呢？你犯下了什么大罪？
　　　　　　犯了什么大罪？啊，你这个下流的婊子，
　　　　　　一谈起你干的下流勾当来，我真恨不得
　　　　　　把我发烧的脸变成火炉，把"贞节"烧得
　　　　　　一干二净。你还问犯了什么罪！
　　　　　　你干的臭事，老天闻到都要掩住鼻子，
　　　　　　月亮看到也要闭上眼睛，甚至风流得碰到什么
　　　　　　就要拥抱什么的风，一碰到你也要赶快钻到地洞里去，
　　　　　　不敢张开耳朵来听。你说你犯了什么罪？

苔丝梦娜　　老天在上，你冤枉我了。

奥瑟罗	你难道不是个婊子吗？

苔丝梦娜　当然不是，因为我是个基督徒，

要为天主也为我的夫君保持我身体的冰清玉洁，

不受非法的玷污，怎么可能犯下

亵渎天主的罪名呢？所以我当然不是。

奥瑟罗　怎么，你不是个婊子？

苔丝梦娜　不是，要不然，灵魂怎么能得救呢？

奥瑟罗　这可能吗？

苔丝梦娜　啊，上天宽恕我们的错误吧！

奥瑟罗　那么，我应该请求你原谅了，

我把你当成威尼斯那个狡猾的、

迷住了奥瑟罗的狐狸精了呢。——（呼唤）你，管家嫂子，

艾米莉娅上

你管的是天堂对面的

地狱的大门！你，你，唉，你！

我们的事已经完了，这是给你的报酬。（递过钱）

请你管好钥匙，保守好我们的秘密吧。　　　　　　下

艾米莉娅　哎呀！这位先生想什么啦？

你怎么样了，夫人？怎么样，我的好夫人？

苔丝梦娜　天哪，我是半睡半醒。

艾米莉娅　好夫人，我家大人怎么了？

苔丝梦娜　你说谁呀？

艾米莉娅　怎么，我家大人哪，夫人。

苔丝梦娜　谁是你家大人？

艾米莉娅　就是你的夫君呗，好夫人。

苔丝梦娜　我没有夫君了。不要再和我说话，艾米莉娅。

我既不能哭出声，又不能回答你的话，

只能用眼泪洗脸了。请你今夜

在我床上铺上新婚的被褥；记住了，

并且叫你的丈夫来。

艾米莉娅　这真是大改变！　　　　　　　　　　　下

苔丝梦娜　这是我应该得到的报应吗？

我做错了什么事呢？哪怕是微不足道的

错误，应该受到一点惩罚的错误？

伊阿戈与艾米莉娅上

伊阿戈　夫人叫我有什么事？

你怎么样了？

苔丝梦娜　我也说不出来。大人教孩子

总是用温和的态度轻言细语；

他本来也可以这样责备我，因为，说老实话，

我还是一个应该管教的孩子呢。

伊阿戈　夫人，出了什么事了？

艾米莉娅　唉！伊阿戈，我家大人居然骂夫人是婊子，

这种瞧不起人的恶毒语言居然落在夫人头上，

哪个真正的好心人受得了！

苔丝梦娜　那是我应得的罪名吗，伊阿戈？

伊阿戈　什么罪名呀，好夫人？

苔丝梦娜　就像嫂子说的，我的夫君的确这样说了。

艾米莉娅　他叫她作婊子。即使是一个叫花子喝醉了，

也不会把这样的罪名加在他的姘头身上呀。

伊阿戈　他怎么会这样？

苔丝梦娜　（泣）我也不知道。我只能肯定地说：我绝不是那种人。

伊阿戈　不要哭，不要哭。真是个倒霉的日子！

艾米莉娅　她拒绝了多少求婚的贵族子弟，

不顾父亲的反对、种族的不同、亲友的劝告，

结果却落得个"婊子"的骂名，这不会叫听到的人流泪吗？

苔丝梦娜　　这是我的厄运。

伊阿戈　　　怎么这样糊涂！

他是怎么搞的？

苔丝梦娜　　只有天晓得。

艾米莉娅　　一定是个从来不做好事、坏事却

越做越来劲的恶人，一个造谣生事的狗东西，

为了要得到一个差事，就想出了这个歪主意；

要是我猜错了，可以把我吊死。

伊阿戈　　　去你的吧，哪里会有这种人！这是不可能的。

苔丝梦娜　　即使有这种人，我也会请老天原谅他的！

艾米莉娅　　那绞索也不会饶过他！地狱里的恶鬼也要啃他的骨头！

他为什么要说她是婊子？谁和她私通了？

在什么地方？什么时间？怎样搞法？这怎么可能？

摩尔人碰上了心狠手辣的小人，卑鄙无耻的坏蛋，

最不要脸的狗东西，而大上其当了。

啊，天哪！这种伙伴一定要揭穿；

每个老实人手里都该拿根鞭子抽他打他，

打得他皮开肉绽、体无完肤，把他

从东边天赶到西边天！

伊阿戈　　　这种话只能关起门来说。

艾米莉娅　　哼，该死的家伙！就是一个这样的坏东西

颠倒是非黑白，使你疑心生暗鬼，

以为我和摩尔人有什么勾搭呢！

伊阿戈　　　你这个傻瓜，别说了。

苔丝梦娜　　唉，伊阿戈，

我该怎么办，才能使我的丈夫回心转意？

我的好朋友，去找他吧，天上的日光可以作证，

我不知道怎样就失掉了他的心。（跪地）我对天跪下了：

如果我有什么对不起他的地方，

不论是在言语上、思想上，还是行动上，

或者是我的眼睛、耳朵，或者任何

其他器官，喜欢过他以外的任何人，

或者说我现在虽然不喜欢，但是过去喜欢过，

或者将来会喜欢任何其他人——即使

他抛弃了我——那么，老天也不会

让我过一天好日子的！无论他对我多么狠心，

他可以狠心摧毁我的生命，但是永远不会

玷污我对他的爱情。我张口也说不出"婊子"这两个字，

即使我现在说出了口，也使我厌恶我自己，

至于要我做出这等事来，即使是

把全世界的荣华富贵都送给我，我也是不会做的。

伊阿戈　　请你放心吧，这只是他一时脾气不好，

国家的事有一点不顺心，他就不高兴了。

苔丝梦娜　但愿不是为了别的——

伊阿戈　　事实就是如此，我敢担保。（幕内号声）

听，晚餐的号角响了！

接待威尼斯使臣的宴会要开始了。

快进去吧，别哭了：一切都会好的。　苔丝梦娜与艾米莉娅下

罗德里戈上

你怎么样，罗德里戈？

罗德里戈　我觉得你对我不太好。

伊阿戈　　怎么不好？

罗德里戈	你每天都拖拉推托，伊阿戈；现在看来，你一点也没有使我更接近实现我的目标，而是使我离目标越来越远。我实在不能再忍受下去，也不能再老老实实让你愚弄欺骗下去了。
伊阿戈	你能听我说吗，罗德里戈？
罗德里戈	我已经听得太多。你的一言一语和一举一动实在太不相符了。
伊阿戈	你对我的责备太不公平了。
罗德里戈	我说的都是实话。我费尽了心力物力。你代我送给苔丝梦娜的珠宝，哪怕拿一半送给修女，也会使她还俗的。你说她接受了我的珠宝，并且答应会结识我，给我意外的惊喜回报，但是我连一点影子也没有看到。
伊阿戈	得了，去吧，很好。
罗德里戈	"很好"吗？"去"吗？我不能"去"，老兄，也不是"很好"。我想这是一个骗局，我发现自己上当受骗了。
伊阿戈	很好。
罗德里戈	我要告诉你不是很好。我要去找苔丝梦娜。如果她把我的珠宝都还给我，我就不再追求她了，并且忏悔我不法的行为。如果她不还我珠宝，我会和你算账的。
伊阿戈	你这样说？
罗德里戈	是的，并且说的就是我要做的。
伊阿戈	怎么，我现在才看出来你还真不简单呢。从现在起，我对你的评价比以前更高了。让我们握握手，罗德里戈。你对我提出了一个很有道理的意见，但我还是要告诉你，我对你这事的处理，是对你最有利的。
罗德里戈	但看起来不是这样。
伊阿戈	我承认的确看起来不是那样；你的怀疑不是没有道理和根据。但是，罗德里戈，如果你的确像我更有理由相信的那样——我的意思是：如果你真的目标明确，勇气十足——那你今夜

就表现出来吧。如果你明天夜里还享受不到苔丝梦娜，那就随你用什么阴谋诡计来把我从这世上消灭吧。

罗德里戈　那好，你说的是什么方法？是合理可行的吗？

伊阿戈　先生，威尼斯派来了特使，委任卡西奥代替奥瑟罗的职位。

罗德里戈　是真的吗？那么奥瑟罗同苔丝梦娜要回威尼斯去了。

伊阿戈　不，不会的，他会到非洲[1]去，并且把美丽的苔丝梦娜也带走，除非出了什么意外事件使他不能离开，而最好的意外事件就是除掉卡西奥。

罗德里戈　你的意思是怎么除掉卡西奥呢？

伊阿戈　不就是让他不能接替奥瑟罗的职位，让他脑血逆流吗？

罗德里戈　你想要我去干？

伊阿戈　是的，如果你敢争取自己的权利和利益。今夜他在一个妓女那里吃晚餐，我也会去。他还不知道代替职位的大事；你可以去跟踪他——我会设法让他在十二点到一点钟之间出来——到时候就可以随意处理他了。我会在附近帮你的忙，他就会倒在我们手下。来吧，不要惊喜得站在那里发呆了，同我走吧，我要告诉你他为什么非死不可，而你也会觉得自己非动手不可。现在正是晚餐时间，今夜过得很快，不要误事！

罗德里戈　我还想知道更多的理由。

伊阿戈　我会告诉你的。　　　　　　　　　　　　　　　　同下

1　原文为 Mauritania（毛里塔尼亚），非指今日的非洲国家毛里塔尼亚，而是指古代北非地中海沿岸一地，包括现今摩洛哥和阿尔及利亚的部分地区。

第三场 / 景同前

奥瑟罗、洛多维科、苔丝梦娜、艾米莉娅及众侍从上

洛多维科 将军，我请你不要再送了。

奥瑟罗 不必客气，我多走走也有好处。

洛多维科 夫人，晚安。多谢夫人款待。

苔丝梦娜 非常欢迎光临。

奥瑟罗 请大人走吧。——啊，苔丝梦娜！

苔丝梦娜 夫君？

奥瑟罗 你快点休息吧，我马上就回来。记着，你要打发侍从走开。

奥瑟罗、洛多维科及众侍从下

苔丝梦娜 好的，夫君。

艾米莉娅 现在怎么样了？他看起来似乎比以前好些。

苔丝梦娜 他说马上就会回来，

要我快去休息，

要你离开。

艾米莉娅 要我离开？

苔丝梦娜 这是他的吩咐。因此，我的好艾米莉娅，

把我的夜间用品给我，你就走吧。

我们现在可不能惹得他不高兴。

艾米莉娅 我可真巴不得你从来就没有见过他。

苔丝梦娜 那我可不愿意。我的爱情总眷顾他，

即使他倔强得皱眉苦脸——

请你给我解下别针——也表现了他的风度。

艾米莉娅 你要我铺在床上的被褥都铺好了。

苔丝梦娜	那好。——天父在上，人怎么总有傻想法！——
	假如我死在你的前头，就请你
	用一条被褥陪葬吧！
艾米莉娅	看，看你说到哪里去了！
苔丝梦娜	我母亲有一个使女叫芭芭莉[1]。
	她爱上了一个人，偏偏这个人发了神经病，
	抛弃了她。她就唱起一支《杨柳曲》来，
	这是一支老歌，却表达了她的命运；
	她死的时候还唱着这支歌。今夜歌词
	一直萦绕在我心头，我就差
	垂头丧气地像芭芭莉一样唱着
	这支歌。请你快点收拾完了就下去吧。
艾米莉娅	要不要我去给你拿睡衣来？
苔丝梦娜	不用了，给我取下这儿的别针。
	这个洛多维科是个好人。
艾米莉娅	很漂亮的男人。
苔丝梦娜	他说话也好听。
艾米莉娅	听说威尼斯有个女人愿意光着脚走到巴勒斯坦去，就为了吻
	一吻他的嘴唇。
苔丝梦娜	（唱）
	这个可怜人坐在梧桐树下，
	歌唱青青的杨柳枝丫。
	她的手放在胸前，头却垂下，
	歌唱青青的杨柳枝丫。

---

1 芭芭莉（Barbary）：为女子名芭芭拉（Barbara）的一种形式，但也让人联想到地名柏柏里（Barbary），指埃及以西的北非沿海地区。

清清的河水流过她的脚下，也悲叹哀吟

青青的杨柳枝丫。

她悲伤的泪珠从眼睛里流下，石头听了也会软化，

歌唱青青的——

（对艾米莉娅）就放在这里吧——

（唱）

杨柳枝丫——

请你快走吧，他就要回来了——

（唱）

青青的杨柳是我的花冠。

他的责备也会使我喜欢——

不对，这不是下一句。——听，有人敲门了。谁呀？

艾米莉娅	是风。
苔丝梦娜	（唱）

我说他是虚情假意，他怎么讲？

他说青青的杨柳枝丫，

我追几个女人，你可多换情郎。

你快走吧，再见。我的眼睛痒了，

是不是要哭啦？

艾米莉娅	痒和哭没有关系。
苔丝梦娜	我听人这样说过。啊，男人，男人！

你当真认为——告诉我，艾米莉娅——

女人会做这种对不起丈夫的

丑事吗？

艾米莉娅	有这种女人，毫无疑问。
苔丝梦娜	即使给你一个世界，你愿意干这种事吗？
艾米莉娅	为什么不愿意？难道你不愿吗？

苔丝梦娜　　当然不愿，我敢在光天化日之下发誓！

艾米莉娅　　在光天化日之下我也不会干的，
　　　　　　但暗地里却可以干。

苔丝梦娜　　难道你愿意为了一个浮华世界干这种事？

艾米莉娅　　对于这种小小的错误来说，一个世界的价值
　　　　　　大得多了。

苔丝梦娜　　说老实话，我想你不会干。

艾米莉娅　　凭良心说，我想我会干的，但是干了好像没干一样。当然，
　　　　　　我不会为了一对戒指、几匹布、几件衣服，为了杯盘碗盏等
　　　　　　等就干这种丑事。但是若给一个世界，那为什么不干呢？谁
　　　　　　不愿意让丈夫先戴绿帽子后戴王冠呢？即使要冒险下炼狱去
　　　　　　革面洗心，不也值得一试吗？

苔丝梦娜　　如果为了得到一个世界就去做这种错事，
　　　　　　那也真该下地狱！

艾米莉娅　　干吗？这种错误只是世界上的小事一桩。等到全世界都是你
　　　　　　的了，对错你说了算，把错的说成对的还不容易吗？

苔丝梦娜　　我想没有这种女人。

艾米莉娅　　有的。至少有一打。其实要多少
　　　　　　有多少，可以塞满这个世界。
　　　　　　不过我认为妻子出事都是
　　　　　　丈夫的错。他们不负责任，
　　　　　　把我们珍爱的东西滥用到别的女人身上 [1]，
　　　　　　或者妒忌心一爆发，
　　　　　　就粗暴限制我们的自由，甚至责打我们，

1　原文为 and pour our treasures into foreign laps；our treasures 意指"丈夫的精液"，foreign laps 意指"其他女人的私处"。

怀恨在心地剥夺我们的财物。

怎么？难道我们没有感觉？我们虽然温顺，

难道不会报复？要让丈夫知道：

妻子也是和他们一样有感觉的人；她们的眼睛能看，

鼻子能闻，舌头能尝出酸甜苦辣，

都和丈夫一样。丈夫朝三暮四

是为了什么？是逢场作戏吗？

我想可能是。是感情转移吗？

我想也可能是。是脆弱得犯错误吗？

一样有可能。但是，难道我们女人就没有感情吗？

不想逢场作戏吗？难道我们不像男人一样有弱点吗？

要让他们对我们好，要让他们知道：

我们干得不好，都是按他们的教导。

苔丝梦娜　得了，再见。不要让错误来指导言行，

而要从错误中学到聪明！　　　　　　　　　　　　　　　同下

第 五 幕

第一场 / 第十景

塞浦路斯—街道

伊阿戈与罗德里戈上

伊阿戈　　就在这里，站在这个门角后面，他马上就要来了。

　　　　　　拔出你的好宝剑来，一剑送他回老家去。

　　　　　　快点，快点，不要害怕，我就在你身边。

　　　　　　我们不成功就完蛋，记住，

　　　　　　你要下定决心。

罗德里戈　你要离我近点，我怕一剑不能完事。

伊阿戈　　看，对准他的心口一剑。要大胆，要稳当！（把自己藏起来）

罗德里戈　我对这事并不那么想干，

　　　　　　但是他说得很有道理，

　　　　　　不过是干掉一个人而已。（拔剑）来吧，我一出剑，他就死了。

伊阿戈　　（旁白）我已经说得这个家伙动了心，

　　　　　　他也来劲了。现在，不是他干掉卡西奥，

　　　　　　就是卡西奥干掉他，或者两个人同归于尽，

　　　　　　不管哪种情况，赢家都是我。如果罗德里戈活着，

　　　　　　他会要我还他的金银珠宝，

　　　　　　虽然我骗他说已经送给苔丝梦娜了，

　　　　　　他还要讨回去。

　　　　　　那怎么行！如果卡西奥活下来，

　　　　　　他得意一天，我就

失意一天。何况摩尔人

还可能向他揭穿我呢，那我就危险了。

不行，他一定得死，只能这样！我听见他来了。

卡西奥上

罗德里戈 我知道他走路的样子，这就是他。——（挺剑刺）恶徒，去
死吧！

卡西奥 这一剑的确是个杀招，

可惜你不知道我还穿了护身甲呢。

现在我要试试你的护身衣了。（拔剑刺伤罗德里戈）

罗德里戈 啊，我要死了！（他倒地；伊阿戈上前刺伤卡西奥的大腿）

伊阿戈下

卡西奥 （倒地）我的腿完蛋了。救人啦！哎，杀人了，杀人了！

奥瑟罗上

奥瑟罗 这是卡西奥的声音，伊阿戈果然守信。

罗德里戈 啊，我是个坏蛋！

奥瑟罗 的确是的。

卡西奥 啊，救人啦！喂，火把，医生！

奥瑟罗 是他。啊，好一个勇敢的伊阿戈，人老实，讲义气，

为受骗的朋友做出了高尚的事情！

你教会了我怎样做人。——小宝贝，你亲爱的人快死了，

你倒霉的时间也快到了。婊子，我来了。

我要把你的魅力和媚眼都赶出我心头，

你留在床上的污点只有用血才能洗掉。

奥瑟罗下

洛多维科与格拉先诺上

卡西奥 有人吗？喂，没人巡夜，没人路过？杀人了，杀人了！

格拉先诺 出了什么事？谁叫得这么吓人？

卡西奥 啊，救人啦！

洛多维科　　听！

罗德里戈　　啊，该死的坏蛋！

洛多维科　　有两三个人在喊叫。夜里太暗了，

　　　　　　喊声也可能是骗人的，我们人手太少，

　　　　　　听了喊叫就去，可能不太安全。

罗德里戈　　没有人来救命。我的血要流干了，人也要完了。

伊阿戈执一火把与武器上

洛多维科　　听！

格拉先诺　　来了一个穿内衣的人，拿了火把，还有武器。

伊阿戈　　　谁呀？谁在叫谋杀呀？

洛多维科　　我们也不知道。

伊阿戈　　　你们没有听见喊声？

卡西奥　　　这里，这里！看在老天面上，救人啦！

伊阿戈　　　出了什么事了？

格拉先诺　　（对洛多维科）这不是奥瑟罗的旗官吗？我记得的。

洛多维科　　（对格拉先诺）正是他，一个好样儿的。

伊阿戈　　　你是谁呀，叫得这样厉害？

卡西奥　　　伊阿戈？啊，我受伤了，坏蛋要谋杀我！

　　　　　　快帮帮我！

伊阿戈　　　哎呀，副将！哪个坏蛋敢谋杀你？

卡西奥　　　我看他们有一个就在附近，

　　　　　　跑不掉了。

伊阿戈　　　啊，可恶的坏蛋！——

　　　　　　（对洛多维科与格拉先诺）你们是什么人？快来帮个忙吧！

罗德里戈　　啊，来救救我！

卡西奥　　　他是那一伙的。

伊阿戈　　　啊，杀人的凶犯！啊，坏蛋！（刺杀罗德里戈）

罗德里戈	啊，该死的伊阿戈！啊，你这狗娘养的！
伊阿戈	在暗地里谋杀人！——这些杀人凶犯在哪里？—— 城里怎么这样安静！——喂！杀人啦，杀人啦！—— （对洛多维科与格拉先诺）你们是谁？好人还是坏人？
洛多维科	你会认出我们的，先说好话吧。
伊阿戈	洛多维科大人？
洛多维科	正是，老兄。
伊阿戈	对不起。这里是卡西奥，他给凶手刺伤了。
格拉先诺	卡西奥？
伊阿戈	（对卡西奥）你怎么样了，我的好兄弟？
卡西奥	我的腿要断成两截了。
伊阿戈	老天会惩罚凶手的！—— 借光了，先生们。我要用内衣来给他包扎伤口。

碧恩嘉上

碧恩嘉	出了什么事了？喂，谁在那里喊叫？
伊阿戈	谁在那里喊叫？
碧恩嘉	啊，亲爱的卡西奥！可爱的卡西奥！啊，卡西奥， 卡西奥，卡西奥！
伊阿戈	啊，是臭名远扬的婊子！卡西奥，你猜得出 是谁要这样害你的吗？
卡西奥	猜不出。
格拉先诺	看见你这样我真难过，我一直在找你呢。
伊阿戈	给我一根袜带，好了。——啊，还要一把躺椅， 好把他抬走。
碧恩嘉	哎呀，他晕过去了！啊，卡西奥，卡西奥，卡西奥！
伊阿戈	诸位，我怕这婊子 也是他们一伙的。——

　　　　　请你忍耐一下，好卡西奥。——来，来，

　　　　　给我火把。

　　　　　　　　　　（照见罗德里戈）见过这张脸吗？

　　　　　哎呀，这不是我的同乡朋友

　　　　　罗德里戈吗？不是，是的，肯定是，这是罗德里戈。

格拉先诺　怎么，是威尼斯的罗德里戈？

伊阿戈　　就是他，先生。你认识他吗？

格拉先诺　认识他吗？当然。

伊阿戈　　格拉先诺大人吗？我敬请你原谅。

　　　　　这些流血事件使我没有认出你来，礼貌不周，

　　　　　多有怠慢了。

格拉先诺　很高兴见到你。

伊阿戈　　你怎么样，卡西奥？——啊，来把躺椅，来把躺椅！

格拉先诺　怎么会是罗德里戈？

伊阿戈　　他，他，就是他。——

　　　　　（众侍从抬出一躺椅）啊，很好，躺椅来了！

　　　　　来几个人把他从这里小心抬走。

　　　　　我去找将军的医生。——

　　　　　（对碧恩嘉）至于你，老板娘，

　　　　　不劳你费心。——卡西奥，打死的这个人

　　　　　是我的好朋友。你们之间出了什么事了？

卡西奥　　一点事也没有，我根本不认识这个人！

伊阿戈　　（对碧恩嘉）怎么，你的脸发白了？——赶快把他抬到外面去。

　　　　　（众侍从把卡西奥与罗德里戈抬下）两位先生请留步。——老板

　　　　　娘，你的脸怎么发白了？——

　　　　　你们看见她的眼神害怕了吗？——

　　　　　不用说，瞧她惊恐地发呆，一定马上就要招供啦。——

看住她，我请你们看住她。

瞧见没，两位？不用说，犯了罪会不打自招，

尽管它不用嘴巴。

艾米莉娅上

艾米莉娅 哎呀，出了什么事？出了什么事，我的丈夫？

伊阿戈 卡西奥在这里遭到了

罗德里戈一帮人的暗杀，那一帮人跑了。

卡西奥几乎送了命，罗德里戈却死了。

艾米莉娅 哎呀，一个好人！哎呀，好卡西奥！

伊阿戈 这就是嫖婊子的结果。艾米莉娅，你去

打听一下，卡西奥今夜在哪里吃的晚餐。——

（对碧恩嘉）你怎么发抖啦？

碧恩嘉 他今夜在我那里吃的晚餐，但我并不必为这事发抖。

伊阿戈 啊，在你那儿？那我要告你了。你跟我走。

艾米莉娅 该死的臭婊子！

碧恩嘉 我不是婊子，我和你

一样清白，你怎么诬蔑我！

艾米莉娅 和我一样？去你的吧！

伊阿戈 两位好先生，我们去看看可怜的卡西奥伤口包扎得怎样了。——

跟我来吧，老板娘，你最好老实交代。

艾米莉娅，快跑去城堡，

把这事告诉将军和夫人。——

你们先走一步好不好？——（旁白）现在的时间已经夜深人静，

能不能把事办得干干净净？ 众人下

第二场 / 第十一景

塞浦路斯（城堡／总督府寝室）

奥瑟罗执一蜡烛上，苔丝梦娜睡在床上

奥瑟罗　这是祸水源头，这是源头祸水，我的灵魂；
　　　　不要让我说出这祸水的源头来，你贞洁的星辰哪；
　　　　这就是源头的祸水。但我怎么舍得要她洒出鲜血？
　　　　怎么舍得伤害她洁白胜雪、
　　　　光滑如玉的肌肤？
　　　　但是我一定要她的命，免得她害更多男人的命。
　　　　先把烛光吹灭，再吹灭她生命的火光。
　　　　但是蜡烛的火焰吹灭了，
　　　　还可以重新点燃，
　　　　如果扑灭了她生命的火焰，万一我后悔了怎么办？
　　　　你这聪明伶俐、超凡入圣的生命之火
　　　　一旦熄灭，有没有盗火的天神能使你
　　　　重新点燃呢？如果我摘下了你的玫瑰，
　　　　我就不能再使她吐出芬芳，她就只能黯然魂销，
　　　　萎谢凋零。趁你还在枝头，让我再闻闻你的芳香。（亲吻她）
　　　　啊，你那沁人心脾的香气，几乎要醉倒盲目的正义女神，
　　　　软化她手中的执法宝剑[1]！让我再吻你一次，再吻你一次，
　　　　你就这样离开世界吧，那我就可以要了你的命，
　　　　又留下对你的爱。再吻一次，这是最后一次了。（亲吻她）

1　正义女神通常被描绘为蒙着眼布的女子，一手执天平，一手执宝剑。

　　　　　　这样甜蜜，却这样要命。我要哭了，

　　　　　　这是残忍的眼泪，这是天上才有、人间所无的悲哀，

　　　　　　因为他要杀死的，正是他所热爱的。她醒过来了。

苔丝梦娜　　谁呀？奥瑟罗吗？

奥瑟罗　　　是的，苔丝梦娜。

苔丝梦娜　　你上床吗，夫君？

奥瑟罗　　　你今夜做了祷告吗，苔丝梦娜？

苔丝梦娜　　做了，夫君。

奥瑟罗　　　你想想自己还犯了什么罪

　　　　　　没有得到上天宽恕吗？

　　　　　　那就快请求宽恕吧。

苔丝梦娜　　哎呀，夫君，你这样说是什么意思？

奥瑟罗　　　照我说的做吧！要简单点，我在旁边等着。

　　　　　　我不会伤害没有准备好的灵魂，

　　　　　　不，老天也不会答应！我不会伤害你的灵魂。

苔丝梦娜　　你说是要杀我？

奥瑟罗　　　是的。

苔丝梦娜　　那只有请老天可怜我了！

奥瑟罗　　　阿门，我全心希望老天保佑你！

苔丝梦娜　　如果你这样说，我希望你不要杀我。

奥瑟罗　　　哼！

苔丝梦娜　　我怕你了。你的眼睛转得这样吓人，

　　　　　　像是要索命。我为什么害怕，我也不知道；

　　　　　　我从没有犯过罪，但我感到害怕。

奥瑟罗　　　想想你犯的罪吧。

苔丝梦娜　　我犯的罪就是爱上了你。

奥瑟罗　　　你爱上了人，这就该死。

苔丝梦娜 为了爱你，你就杀我，这样死得也太没道理。

哎呀，为什么咬你的下嘴唇？

血腥的杀气使你全身发抖了，

这是不好的兆头，但是我希望，我希望

这杀气不是针对我的。

奥瑟罗 别说了，好好听着！

苔丝梦娜 我会听的。到底出了什么事了？

奥瑟罗 我把最喜欢的手帕给了你，

你却给了卡西奥。

苔丝梦娜 我用生命和灵魂起誓，没有送人！

不信，你要人找他来问。

奥瑟罗 可爱的灵魂，小心，小心不要发假誓，

你已经死到临头了。

苔丝梦娜 但是我不能死。

奥瑟罗 死就在眼前，

大胆承认你的罪过吧。

如果你要起誓来否认每一条罪状，

那并不能消灭强有力的罪证，我内心已经

为你的罪证痛苦得要死了。所以你一定得死。

苔丝梦娜 啊，老天可怜我吧！

奥瑟罗 但愿如此。

苔丝梦娜 请你也可怜我吧！我这一生都没有做过

对不起你的事，也没有爱过卡西奥，

对他只有上天允许的正当感情，

也从来没给过他什么纪念品。

奥瑟罗 老天在上，我亲眼看见我的手帕在他手里。

啊，发假誓的女人，你使我的心变得像石头一样硬，

使我要做的事变成谋杀了，而我本来
是要用你来祭祀上帝的呢。
我告诉你，我看见了我的手帕。

苔丝梦娜　　那可能是他捡来的，
我没有给过他。叫他来问好了，
要他说实话！

奥瑟罗　　他承认了。

苔丝梦娜　　你说什么，夫君？

奥瑟罗　　他和你睡过。

苔丝梦娜　　怎么？干这种丢人的事？

奥瑟罗　　是的。

苔丝梦娜　　他不会这样说。

奥瑟罗　　不会再说了，他的嘴不会再开，
忠实的伊阿戈已经奉命要他闭口了。

苔丝梦娜　　我的害怕有理由了！怎么，他死了吗？

奥瑟罗　　即使他每根头发都有一条命，我报仇的胃口
也大得可以把他的命都吞下去。

苔丝梦娜　　哎呀，他被人陷害了，连我也遭殃了！

奥瑟罗　　住嘴，婊子，你竟敢当着我的面哭他！

苔丝梦娜　　啊，把我赶出去吧，夫君，但是现在不要我死！

奥瑟罗　　不许起来，婊子！

苔丝梦娜　　明天再要我死，让我再活一夜吧！

奥瑟罗　　不行，如果你敢反抗——

苔丝梦娜　　给我半个小时！

奥瑟罗　　动了手就不能停。

苔丝梦娜　　等我做个祷告吧！

奥瑟罗　　来不及了。（掐住她）

艾米莉娅跑到门口

艾米莉娅　（幕内）将军，将军！怎么，喂！将军，将军！

奥瑟罗　　外面叫嚷什么？还没有死？还没有完全断气？

　　　　　　我这个心硬的人怎么手软起来了？

　　　　　　我是怕你痛苦的时间太长。那好，那好。

艾米莉娅　（幕内）怎么啦？喂！将军，将军！

奥瑟罗　　谁呀？

艾米莉娅　（幕内）啊，我的好将军，我有话要告诉你！

奥瑟罗　　哦。——是艾米莉娅。——等一等。——她死了。

　　　　　　艾米莉娅是来告诉我卡西奥死了的。——

　　　　　　外面喊声很高。好了，不再动了？

　　　　　　平静得像在坟墓里。要不要让她进来？她进来了好吗？——

　　　　　　好像她又动了。不行。怎么办呢？

　　　　　　她进来一定要和我的妻子说话。

　　　　　　我的妻子，我的妻子！什么妻子？我已经没有妻子了。

　　　　　　啊，真是难以忍受！压死人的时刻！

　　　　　　我看天地都在变色，

　　　　　　日月已经无光，地球也吓得

　　　　　　目瞪口呆了。

艾米莉娅　（幕内）我求求你，

　　　　　　我的好将军，我要和你说话。

奥瑟罗　　我忘记你了。——啊，进来吧，艾米莉娅。——

　　　　　　轻一点，慢慢来，等我放下帐子。——

　　　　　　（放下床帐，打开门）人呢？你有什么事情要说？

艾米莉娅上

艾米莉娅　啊，我的好将军，那边出了谋杀案了！

奥瑟罗　　什么？现在？

艾米莉娅	正是现在，将军。
奥瑟罗	一定是月亮出了毛病， 它转得离地球太近， 转得人都发疯了。
艾米莉娅	卡西奥，我的将军，他杀死了一个 叫作罗德里戈的威尼斯年轻人。
奥瑟罗	罗德里戈死了？卡西奥也死了？
艾米莉娅	不，卡西奥没有死。
奥瑟罗	卡西奥没有死？那就杀错了人， 报了仇也没有雪恨。
苔丝梦娜	啊，杀错，杀错了人！
艾米莉娅	哎呀！什么喊声？
奥瑟罗	喊声？什么？
艾米莉娅	老天哪，是夫人的喊声。 （揭开床帐）救人，救人啦！啊，夫人，再说句话呀！ 可怜的苔丝梦娜！啊，可怜的夫人，说话呀！
苔丝梦娜	我没有罪，但却死了。
艾米莉娅	谁干的事？
苔丝梦娜	没有人干，是我自己。别了！ 愿夫君好。啊，别了！（死）
奥瑟罗	怎么，怎么会要她死！
艾米莉娅	哎呀，天晓得！
奥瑟罗	你听见她自己说了，不是我要她死。
艾米莉娅	她是这样说的，我一定要搞清楚。
奥瑟罗	她是个下地狱都要说谎的女人， 是我要她死的。
艾米莉娅	那她更是个天使，而你更是个黑心黑脸的恶魔！

奥瑟罗　　她发疯了，是个婊子。

艾米莉娅　你在诬蔑她，你是个恶魔。

奥瑟罗　　她像水一样轻浮虚伪。

艾米莉娅　你像火烧昏了头的人，怎么说她

轻浮虚伪！啊，她在天上都是个好人！

奥瑟罗　　卡西奥和她睡过，问你丈夫去吧。

即使把我打入地狱底层，

我也要站在公正的立场说话，

并且一直说到底。你的丈夫什么都知道。

艾米莉娅　我的丈夫？

奥瑟罗　　你的丈夫。

艾米莉娅　我的丈夫说她对婚姻不忠实？

奥瑟罗　　对，说她和卡西奥私通。如果她是干净的，

就算上天用宝石

为我另外打造一个世界，

我也不会拿她来交换。

艾米莉娅　我的丈夫？

奥瑟罗　　对，是他第一个告诉我的。

他是个老实人，恨透了

卑鄙龌龊的勾当。

艾米莉娅　我的丈夫？

奥瑟罗　　你为什么重来复去地问，女人？我说是你的丈夫。

艾米莉娅　啊，夫人，这是多么恶毒的心肠才会把你的爱情

抹黑的哟！我的丈夫说她不忠实？

奥瑟罗　　是他说的，女人！

我说是你的丈夫，你听不懂我的话吗？

就是我的朋友，你的丈夫，老实而又老实的伊阿戈。

艾米莉娅　如果他这样说过，愿他丑恶的灵魂
　　　　　一点一点地烂下去！他在对自己的良心说谎。
　　　　　夫人对这个黑脸的黑心人实在是太痴爱了。

奥瑟罗　　啊？

艾米莉娅　你已经做得再坏没有了：
　　　　　你这样做根本就不配活在世界上，
　　　　　根本配不上她！

奥瑟罗　　不要说了，你最好——

艾米莉娅　你拿出你的全副本领也伤害不了我半分，我已经
　　　　　伤得不怕再受伤了。上当受骗的笨蛋，愚蠢透顶的傻瓜，
　　　　　像微不足道的灰尘一样无知的人才会干出这等傻事来——
　　　　　我不怕你的刀——我要告发你，
　　　　　即使死二十回也不在乎。——救命，救命啊，救命！
　　　　　摩尔人杀死了夫人！杀人了，杀人了！

蒙太诺、格拉先诺与伊阿戈上

蒙太诺　　出了什么事了？怎么了，将军？

艾米莉娅　啊，你也来了，伊阿戈？你干的好事，
　　　　　人家要把谋杀的罪名安到你头上了。

格拉先诺　出了什么事？

艾米莉娅　（对伊阿戈）如果你还算个人，就反驳这个坏蛋。
　　　　　他说是你告诉他的，说他的妻子对他不忠实。
　　　　　我知道你不会这样说的，你不是一个这样坏的人。
　　　　　说吧，我的心里都胀得容不下了。

伊阿戈　　我只告诉他我是怎样想的，我说的并不比
　　　　　他做的更多，他自己发现了什么，就干了什么。

艾米莉娅　你有没有说过他的妻子对他不忠实？

伊阿戈　　说过。

艾米莉娅	你这是说谎，可恨的、恶毒的谎话。
	我用灵魂起誓，这是谎话，恶毒的谎话。
	说夫人和卡西奥私通？你有没有说过是和卡西奥？
伊阿戈	没错，就是和卡西奥，老婆！得啦，闭上你的嘴巴！
艾米莉娅	我不能闭口不说，我一定要说：
	我的夫人已经被杀害，死在床上了——
众人	啊，天哪！
艾米莉娅	都是你的诬陷造成了这一起血案。
奥瑟罗	喂，诸位，不要瞪着眼睛，的确一切都是真的。
格拉先诺	这就怪了。
蒙太诺	啊，穷凶极恶！
艾米莉娅	恶毒，恶毒，恶毒！
	我来想想，我来想想，我闻到了一点气息：啊，恶毒！
	我那时就想到了。我真难过得要杀了自己。
	啊，恶毒！恶毒！
伊阿戈	怎么，你疯了吗？快回家去！
艾米莉娅	诸位好先生，请听我说：
	我本来应该听他的话，但是现在不行。
	说不定，伊阿戈，我不会再回家了。
奥瑟罗	（倒在床上）啊，啊，啊！
艾米莉娅	好，你就躺在那里号叫吧。
	你已经害死了天下人睁开眼睛也找不到的
	最可爱的清白人了。
奥瑟罗	（起身）啊，她不清白！
	我没有看到你，叔叔[1]，可你看，你的侄女躺在那里了，

---

1 叔叔：指格拉先诺，他很可能是布拉班修的兄弟。

是我这双手刚刚使她停止呼吸的。

我知道我的行动很可怕，很残忍。

格拉先诺　可怜的苔丝梦娜！幸亏你的父亲比你早死；

他就是给你的婚事气得不要活了，命运之神

才把他的生命之线切断的。假如他还活着，

看到今天的事，

也会气得咒天骂地，

痛不欲生的。

奥瑟罗　　真可怜，但是伊阿戈知道

她和卡西奥做过可耻的事，

翻来覆去好多次，卡西奥自己也承认了。

为了感激他的深情厚意，她还把

我第一次给她的爱情纪念品

给了他，我亲眼看见他拿在手里的；

那是一块手帕，是当年我父亲送给

我母亲的古老纪念品。

艾米莉娅　啊，天哪，天上的神明哪！

伊阿戈　　去，不要多说。

艾米莉娅　要说出来，要说出来。要我不说？

那可不行。我说话要像冬天的北风一样自由，

即使是天上的神、地上的人、地下的鬼

都说我可耻，我也要说出来。

伊阿戈　　听话，快回家去。

艾米莉娅　我不回去。（伊阿戈作势欲刺艾米莉娅）

格拉先诺　住手，你怎么用剑对付一个女人？

艾米莉娅　啊，你这糊涂的摩尔人！你说的那块手帕

是我偶然捡到，交给我丈夫的，

因为他多次恳切而认真地——
这种小事怎么值得这样恳求呢？——
求我为他偷这块手帕。

伊阿戈　　该死的臭婊子！

艾米莉娅　　夫人给了卡西奥？哎呀，不对，
是我捡来给我丈夫的。

伊阿戈　　该死，你胡说！

艾米莉娅　　老天在上，两位先生，我不是胡说，不是胡说。
啊，这杀人的傻瓜呀，你怎么配得上
这样好的妻子呢！

奥瑟罗　　怎么！天上没有了雷电吗？这种恶人能不
电打雷劈吗！——天下独一无二的恶人！（他奔向伊阿戈，但
被夺下武器；伊阿戈刺杀艾米莉娅）

格拉先诺　　这个女人倒下了，他杀了他的妻子。　　　　　　伊阿戈下

艾米莉娅　　杀吧，杀吧！啊，把我放到夫人身边。

格拉先诺　　他杀了妻子就跑了。

蒙太诺　　这是一个坏得无以复加的恶人。来，拿上这把
我从摩尔人手上夺来的剑，
守在门外，杀死他也不要
让他跑了。我也要去追他，
这实在是个罪该万死的恶人。　　　蒙太诺与格拉先诺下

奥瑟罗　　我也好不到哪里去。
随便什么人都可以把我的剑拿走，
既然名不符实，还要
虚名干什么？

艾米莉娅　　夫人，你知道你唱的歌预兆着什么吗？
你还能听到我唱吗？我也要像天鹅一样

死在音乐声中[1]：

（唱）青青的杨柳枝丫——

摩尔人，她是清白的；她还爱你呢，狠毒的摩尔人！

我说的都是实话，我的灵魂会得到幸福的；

我想我现在说的也会实现，唉，我要死了。（死）

奥瑟罗 我在房里还有一件武器，

是把西班牙宝剑，在冰川雪水中淬炼过。

（找到剑）啊，在这里。叔叔，我一定要出去。

格拉先诺 （幕内）如果你要试试，那代价可得不偿失。

你手里没有武器，还是老实听话的好。

奥瑟罗 那么，进来瞧瞧我，和我说话吧。

否则，即使赤手空拳，我也要破门而出。

格拉先诺上

格拉先诺 什么事情？

奥瑟罗 瞧，我有一件武器，

从来没有哪个战士用过比这

更好的剑。我用这条胳膊

和这把利剑杀出过重围，

比你们多二十倍的人也阻挡不了

我突围。但是——这样宣扬自己又有什么用处？——

谁能掌握自己的命运？现在已经今非昔比了。

所以即使你看见我有武器，也不必惊慌。

我已经走到人生旅途的终点，

航海归途的港岸。

你不要吓得后退，害怕是多余的；

---

1 传说天鹅在临死之前会唱歌。

即使拿根芦草冲向奥瑟罗的胸膛，

他也会退后的。奥瑟罗还有哪里可去呢？

现在，你看起来怎么样？凶神扼杀的天仙，

你的脸色和内衣一样苍白，到了我们算总账的日子，

你只要这样看我一眼，就会把我的灵魂投入地狱中

恶鬼的魔爪之下！你已经浑身冰凉，冰凉了，

我冰清玉洁的好人儿。啊，万恶不赦的奴才！

魔鬼呀，鞭打我吧！

我居然还亲眼目睹过天仙的面容呢；

让狂风暴雨鞭挞我，让熊熊烈火烧死我，让万丈深渊

淹没我的怒涛骇浪，都变成腾腾烈焰来把我烧得粉身碎骨吧！

啊，苔丝梦娜！死了，苔丝梦娜！死了！啊！啊！

洛多维科、躺在椅中的卡西奥、蒙太诺、囚犯伊阿戈及众警吏上

洛多维科　　那个鲁莽的倒霉人在哪里？

奥瑟罗　　那个人就是奥瑟罗，我在这里。

洛多维科　　那条毒蛇呢？把他带上前来。

奥瑟罗　　我要看看他的脚和传说的魔爪

是不是一样的；如果是，我就杀不了你。（刺伤伊阿戈）

洛多维科　　夺下他的剑。

伊阿戈　　你没有杀死我，将军，只让我流了几滴血。

奥瑟罗　　我倒并不在乎。我要让你活着，

因为在我看来，死才真是幸福。

洛多维科　　啊，你，奥瑟罗，你是这样一条好汉，

怎么会栽在这样一个该死的奴才的手里？

叫我怎样说你是好？

奥瑟罗　　随你怎么样说都行。

如果你愿意，叫我堂堂的凶手吧，

因为我行凶不是为了报仇雪恨，而是为了堂堂正正做人。

洛多维科	这奴才已经供认了一部分罪行。
	你有没有和他商量过谋害卡西奥？
奥瑟罗	商量过。
卡西奥	亲爱的将军，这并不是我的罪行该得到的报应呀。
奥瑟罗	我现在知道已经太晚，只好请求你宽恕了。
	我能不能问问这个长着人头的魔鬼，
	为什么要陷害我的灵魂和我的肉体？
伊阿戈	不要再问我了；你知道多少就是多少。
	从现在起，我什么也不会再说。
洛多维科	怎么？你连祷告词也不说了吗？
格拉先诺	严酷的刑罚会叫你开口的。
奥瑟罗	对了，这是最好的办法。
洛多维科	将军，你应该知道，发生了一些事情——
	我想，可能你还不知道。这里有一封信，
	是在死者罗德里戈的口袋里找到的。
	这里还有另外一封，谈到
	要罗德里戈怎样谋杀
	卡西奥的事。
奥瑟罗	啊，该死的坏蛋！
卡西奥	这是最歪门邪道的了！
洛多维科	这里还有一张发牢骚的纸条，
	也是在他的口袋里找到的。看来这是
	罗德里戈打算给这个主犯的，
	但是似乎这时伊阿戈来给他
	作了解释，事情就算了结了。
奥瑟罗	啊，这个阴险毒辣的家伙！——

　　　　　　　不过，卡西奥，我妻子的手帕怎么会
　　　　　　　落到你手里去呢？
卡西奥　　　我是在房里捡到的。
　　　　　　　伊阿戈刚才也承认了，
　　　　　　　他是为了特殊的目的，
　　　　　　　故意丢在我房里的。
奥瑟罗　　　啊，傻瓜，傻瓜，傻瓜！
卡西奥　　　此外，罗德里戈在信中
　　　　　　　还责备伊阿戈，不该要他
　　　　　　　在我巡夜的时候闹事，就是那次闹事使我
　　　　　　　失掉了我的职务。甚至刚才罗德里戈在临死前——
　　　　　　　他简直像是死里逃生——还说，
　　　　　　　是伊阿戈杀了他，一切都是伊阿戈怂恿他干的。
洛多维科　（对奥瑟罗）你要离开总督府和我们一同回去了。
　　　　　　　你的职务已经免除，权力也要移交，
　　　　　　　由卡西奥接管塞浦路斯。至于这个坏蛋，
　　　　　　　如果有什么残酷的办法
　　　　　　　可以折磨他，那就折磨得越久越好，
　　　　　　　这都是他罪有应得的。你也要受到严密的监管，
　　　　　　　等我们把你的过错报告给威尼斯公国政府，
　　　　　　　再作处理。——来吧，把他带走。
奥瑟罗　　　且慢：在你们走前，我有一两句话要说。
　　　　　　　我为公国尽过力，立过功，这大家都知道——
　　　　　　　不消多说。我只请求你们在报告中
　　　　　　　如实反映这些不幸的事件，对我也要
　　　　　　　实事求是，既不要减轻我的罪过，
　　　　　　　也不要把我说成是恶意谋杀。我想，你们应该说我

是一个不会用情而又用情很专的情人；

我有一颗不太容易妒忌的心，可一旦有人煽风点火，

我又会走极端，妒火一发不可收拾；我有一双

叛徒犹太 [1] 的手，把犹太族最宝贵的

珍珠扔掉；我有一双忍泪吞声的眼睛，

虽然不太容易动情，但若感情溶化，

流出的泪珠比得上阿拉伯胶林

涌出的树胶。把这些都写下来吧；

最后还有件事：曾有一次在阿勒颇 [2]，

有个戴头巾的土耳其恶棍

殴打一个威尼斯人，并且辱骂公国，

我抓住这个受过割礼的恶棍的喉咙，

像杀狗似的这么一刀。（自裁）

洛多维科　啊，血如泪流的悲剧！

格拉先诺　说什么也没有用了。

奥瑟罗　在扼断你的生命之前，我先吻了你；

现在我要先吻你，然后扼杀我自己。（亲吻苔丝梦娜；死）

卡西奥　这正是我怕的结果，但我以为他没有武器，

又是一个心胸开朗的人，结果偏偏却是这样。

洛多维科　（对伊阿戈）你这只斯巴达恶狗 [3]，

饥寒交迫、怒涛汹涌造成的痛苦，都不如你可怕！

你看看这张床都载不住的血腥悲剧，

1　犹太：或指犹大（Judas Iscariot），出卖基督的犹太使徒；抑或指善妒的犹太人国王希律（Herod），他曾以无中生有的"通奸罪"处死了自己的妻子米利暗（Mariamne）。

2　阿勒颇（Aleppo）：今叙利亚一城市，莎士比亚时代属奥斯曼土耳其帝国。

3　斯巴达狗（Spartan dog）是一种生性极其凶猛的猎狗。

就是你一手造成的。——这看起来都会吓坏人的眼睛，
赶快遮盖起来吧。格拉先诺，这所房屋归你所有了，
摩尔人的遗产也全都收缴，
由你继承。——（对卡西奥）至于你呢，总督大人，
如何审判这个地狱里的恶魔，这事就交给你了，
时间、地点、刑罚，都由你来执行。啊，不要手软！
至于我呢，我要立刻上船，回到威尼斯公国，
用沉痛的心情把沉痛的事情述说。　　　　　　　　　众人下

四开本较对开本多出的段落

上接第 38 页"就会发现选错人了"之后：
　　　　她一定会改变的，一定。

上接第 38 页"听清楚了没有，罗德里戈"：
罗德里戈　　你说什么？
伊阿戈　　　不要再跳水寻死了，听清楚了没有？
罗德里戈　　我已经改变了想法。

上接第 43 页"……快要熄灭的精神之火吧"：
　　　　为整个塞浦路斯岛带来慰藉！

上接第 67 页"我会告诉她一声的"：
卡西奥　　　这就去办吧，好朋友。

上接第 68 页"他自己也会"：
　　　　找个最合适的时机

下接第 93 页"他把命运都"：
苔丝梦娜　　请你跟我谈谈卡西奥吧。
奥瑟罗　　　手帕！

上接第 116 页"他就不高兴了"：
　　　　所以才责备你。

上接第 133 页"来不及了"：
苔丝梦娜　　啊，主啊，主啊，主啊！

文学翻译与中国文化梦

——《奥瑟罗》译后记

许渊冲

我国要建设成社会主义文化强国，在我看来，这就是要实现中国文化梦。要实现中国文化梦，对于一个文学翻译工作者来说，一方面要把外国优秀的文学作品译成中文，另一方面又要把中国优秀的文学作品译成外文，使中国文化走向世界，使世界文化更加光辉灿烂。由此可见，文学翻译对实现中国文化梦的重要性。

如何吸收外国文化，又使本国文化走向世界呢？这就和翻译理论有关系了。目前在世界上流行的，是西方的对等（Equivalence）翻译理论。因为西方语文如英、法、德、俄、西等，据电子计算机统计，约有90%的语汇有对等词，所以西方语文互译时，基本可用对等译法。但中国语文和西方语文大不相同，大约只有一半语汇有对等词，所以对等译论只有一半可以应用于中西互译。那不对等的一半，不是中国的表达方式胜过西方，就是西方的表达方式胜过中国。换句话说，不是中文占优势，就是西方语文占优势。所以在中西互译的时候，应该避免劣势，争取均势，最好尽可能发挥译语的优势（Excellence），这就是中国文学翻译的发挥译语优势论或"优化论"。

全世界有十三亿人用中文，约有八亿人用英文，中文和英文是世界上用得最多的语文，因此中英互译是世界上最重要的语际翻译。不能解决中英互译问题的理论不能算是重要的国际译论。对等译论只能解决大约 50% 的中英互译问题，还有一半不能解决，而中国的"优化论"却基本可以解决中英互译问题。事实上，世界上有史以来，还没有一个西方翻译家既出版过中译英的文学作品，又出版过英译中的西方名著，而中国却有不少能中英互译的翻译家。所以中国的文学翻译理论是经过实践检验的。

中国翻译理论家钱锺书说过："艺之至者，从心所欲，而不逾矩。"意思是说：艺术的最高境界，要发挥主观能动性，又不违反客观规律。联系到文学翻译上来，文学翻译不是科学，不是 1+1 = 2 的数学，而是艺术，是 1+1 > 2 的优化艺术。"从心所欲不逾矩"出自《论语》第二章，距今已有二千五百多年，可见中国文学翻译理论源远流长。《论语》第六章中又说："知之者不如好之者，好之者不如乐之者。"应用到文学翻译上来，就是说：译文首先要使读者知道作者说了什么，其次要使读者喜欢听作者的话，喜欢读译者的译文，最好是要读者读后感到乐趣。换句话说，"知之"解决"真"的问题，"好之"解决"善"的问题，"乐之"解决"美"的问题。文学翻译的第一标准是求真，第二求善，第三求美。求真是低标准，求善是中标准，求美是高标准。西方译论要求对等，只停留在求真阶段，还在必然王国进行斗争；中国译论早已超过求真，已经进入自由王国求善求美了。简单说来，这就是中国译论和西方译论不同之点。西方译论只要求"不逾矩"，是消极的；中国译论不但要求"不逾矩"，还要求"从心所欲"，是积极的。一般说来，中国译本重"真"，如《奥瑟罗》一开场伊阿戈就表示对奥瑟罗不满，说"我知道我自己的价值，难道我就做不得一个副将？可是他眼睛里只有自己没有别人"，这个译文"不逾矩"，重"真"而不重"美"。再看本书译文："我也知道自己的身价，够得上这个格；但是他却目中无人，别有用心。"这就可以算是"从心所欲"了。

莎士比亚的现实主义可以从人物的生动描写中看得出来，浪漫主义却表现在剧中人物语言的具体形象化上。例如伊阿戈说卡西奥是"一个会加减乘除的算学家……因为老婆漂亮注定要戴绿帽子的家伙",用词多么具体而形象化。其实,这是莎士比亚自己在说话,所以译文也要译出莎剧语言的特点。但是已经出版的译本如何呢?我读得最早的是梁实秋的译本,当时的印象是:这样的莎士比亚怎么算得上世界名著呢?读了朱生豪的译本,觉得这才可以算是文学作品。再后又读到卞之琳的译本,它的特点是以顿代步。以音美和形美而论,卞译胜过朱译;以意美而论,从对等的观点看来,也是卞译更对等。但是总的说来,卞译虽然可以使人知之,但却不如朱译更能使人好之,甚至乐之。因为卞译以顿代步,有时翻译腔严重,而据中国学派的译论家如钱锺书说,译文要读起来不像翻译,而像作者用译语写出来的作品才好。从这个观点来看,卞译不如朱译,其他后出的版本,几乎没有超过卞译的。朱译虽然是用文学语言,但不适合舞台演出,不像作者用译语写出的作品。如果译文要不像翻译,而像原作者的创作,那正是我译的莎士比亚与众不同之处。

关于作者用译语写作的问题,我有过把自己的作品译成外语的经验,现在举例说明如后。1940年9月9日我写了一首《阳宗海之恋》,写大学时代和女同学携手下山的事,后又译成英文,现在把《逝水年华》中的中英文都抄在下面:

青山伴着绿水,	*The mountain casts its shadow from above*
山影在水中沉醉。	*Into the lake with which it falls in love.*
第一次挽着意中人的手	*So hand in hand with Nancy I blend mine*
肩并肩走下山丘。	*Along the footpath bathed in moonshine.*
唯恐手上的余香	*Oh, how I am afraid*
会流入遗忘的时光,	*Her perfume in my hand would fade,*
就把手和十九年的生命	*I dip my hand into the lake to blend*

投入一千九百岁的湖心， *With the water its shade*
要溶出一湖柔情，   *To make her fragrance last without an end.*
和湖水一样万古长青。

比较一下中文英文，可以发现"沉醉""遗忘""十九年""柔情"等都和英文大不相同；而英文的 fall in love, bathed in moonshine 等也是中文所没有的，由此可见思想内容用不同的语言表达，可以采用不同的表达方式。又如 2005 年杨振宁和翁帆新婚时，我送了一首贺诗：

振宁不老松， *The ageless won't grow old;*
扬帆为小翁。   *You sail with your young bride.*
岁寒情更热， *Love will warm winter cold;*
花好驻春风。   *With you spring will abide.*

人名英译没有意义，所以说是没有年龄的人不会老；第三句说爱情会使寒冷的冬天变得温暖，我最满意，所以抄下来供参考。也可看出，同一作者用不同的语言，会用不同的表达方式。

  总而言之，研究各家译本，可以知道中国文学翻译理论是否胜过西方对等译论。我的结论是：中国译论水平之高，不在西方译论之下，可以进入世界文化的先进行列，使世界文化发展得更加光辉灿烂，这就是中国的一个文化梦。